Suffrage/Rieger
Das Regenmacherkind
Band 3
Ankunft

DAS REGEN MACHER KIND

Ankunft

Victoria Suffrage
Elsa Rieger

Impressum

1. Auflage

Copyright 2020 Suffrage/Rieger

Covergestaltung und Buchsatz: Birte Lämmle

Bildmaterial:

Irochka © 123RF.com, Andrew Mayovskyy © 123RF.com,

Konstantin Kalishko © 123RF.com,

lapuma© 123RF.com, onyxprj© 123RF.com,

kuco © 123RF.com

Verlag und Druck:

tredition GmbH, Halenreie 40-44, 22359 Hamburg

ISBN: 978-3-347-04638-2 (Paperback)

ISBN: 978-3-347-04639-9 (Hardcover)

Ankunft

Was bisher geschah

Band 1 – Aufbruch

Seit der fünfzehnjährige Finn, Eriks Sohn, bei einem Urlaub auf Teneriffa spurlos verschwand, ist das Leben des Vaters schiere Katastrophe. Der Junge wäre jetzt fünfundzwanzig, doch immer noch reist Erik an den Schauplatz des Verschwindens, obwohl Stella, nunmehr seine Ex-Frau, und die beiden Töchter ihn für verrückt halten. Er ist tot, das hört Erik immer wieder, doch er glaubt nicht daran. Mittlerweile hat er auch seinen Job als Maschinenbauingenieur verloren und vegetiert vor sich hin.

Nun ist er so weit, das alles nicht mehr zu ertragen, weder die Albträume noch die Wachträume, die ihn plagen. Er bucht eine Reise zur ihm unbekannten Isla des Cascades, um über sich und das Leben nachzudenken. Eine Insel mitten im Atlantik, weit ab von den viel befahrenen Schifffahrtsrouten. Gerade die Bedeutungslosigkeit zieht Erik an.

Dort angekommen möchte er die Wasserfälle sehen, derentwegen die Insel ihren Namen trägt – doch es existieren keine. Immer stärker wird Eriks Interesse für die Geschichte der Insel, schließlich leiht der Padre ihm eine Chronik mit Aufzeichnungen des ersten Entdeckers des Eilands.

Da beginnen Eriks Träume, unglaubliche Träume, die ihn ins 16. Jahrhundert zurückführen, in den Werdegang des Kapitäns Fernando Calvez und an die Seite der Spanier, der berühmten Seefahrer. Sie landeten hier, mehr durch Zufall und weil eines der Schiffe, die San Cristobal vor der Insel kenterte. Zunächst wurden sie von den Ureinwohnern freundlich willkommen geheißen.

Band 2 – Suche

Unter Admiral Fernando Calvez verliefen Monate des Zusammenlebens äußerst harmonisch, doch als weitere Spanier auf der fruchtbaren Insel vor Anker gingen, den Klerus in Form eines katholischen Fanatikers mitbrachten, kam es zu grausamen Morden an der Bevölkerung. Admiral Calvez, inzwischen von der Krone zum Gouverneur der Insel ernannt, fiel dem Gemetzel ebenfalls zum Opfer. Die übriggeblieben Insulaner wurden gezwungen, weiterhin die Felder und Plantagen zu bestellen, damit die eingefallenen Soldaten zu essen bekamen, während sie auf dem ehemaligen Tempelberg eine Kapelle erbauten.

KAPITEL 1

ach den vielen Wochen auf der Isla des Cascades, in dem Häuschen ganz ohne Luxus, kam Erik Deutschland direkt exotisch vor, wenn er daran dachte. Wollte er überhaupt dorthin zurück? In die ›Heimat‹ voller Regeln, der Abgase und Verkehrsdichte, in die Enge der Stadt? Was erwartete ihn denn dort? Neuerlich Leere und Einsamkeit inmitten des Krachs rundum.

Seine beiden Töchter waren erwachsen, gingen eigene Wege, brauchten ihn nicht mehr. Eriks Ex-Frau hatte wahrscheinlich mittlerweile ein neues Glück gefunden. Und den Schmerz um Finn, seinen verlorenen Sohn, würde er auch dort nicht mehr loswerden. Nirgendwo. Doch hier in der Casa Maria war er leichter zu ertragen, wo Erik sich eingewoben in die Geschichte der Insel fühlte.

Einziges Problem: Sein Erspartes reduzierte sich zusehends. Kürzlich hatte er sich einen Laptop liefern lassen; allein die Portokosten ließen ihn fast umfallen. Aber er brauchte ein ordentliches Schreibgerät, denn das stundenlange Notieren seiner Träume hatte ihm eine Sehnenscheidenentzündung der rechten Daumenwurzel beschert.

Wo er Geld herbekam, wenn seine Mittel versiegten? Auch ein ungelöstes Rätsel, nicht anders als seine realistischen Träume …

Der Padre Sesnar arbeitete fast wie in Trance. Nachts schlief er kaum mehr als fünf Stunden. Neben seiner Missionarsarbeit, den Taufen, der Überwachung des Kapellenhauses, hatte er auch eine Schule für Kinder eingerichtet, in der er den jungen Insulanern schreiben und lesen beibringen wollte. Gar manches Mal verzweifelte er an deren Verständnislosigkeit, empfand es wieder als persönlichen Triumph, wenn es ihm gelang, den Kindern ein neues Wort zu lehren.

Nach etwas mehr als drei Monaten waren sämtliche Inselbewohner bekehrt. Er suchte nach Merron und ihm fiel auf, dass er ihn seit geraumer Zeit kaum gesehen oder gesprochen hatte. Sesnar fand den Hauptmann am Ende der Landzunge, auf der die Kaserne stand, und beobachtete, wie Merron das Meer absuchte. Er blieb hinter ihm stehen.

»Alle Inselbewohner sind zum rechten Glauben bekehrt!«

»Hervorragend.«

Sesnar ärgerte sich über diese teilnahmslose Antwort und erschrak, als sich der Hauptmann langsam umdrehte. Merrons Gesicht war eingefallen, dunkle Ringe zeigten sich unter seinen Augen. Er war unrasiert und hatte deutlich an Gewicht verloren.

»Seid Ihr krank?«

Merron sprach weiter, ohne auf die Frage des Padre einzugehen.

»Dann habt Ihr jetzt Zeit, Eure himmlischen Kontakte für andere Zwecke zu nutzen.«

Trotz des schnippischen Tones bemühte sich Sesnar um besondere Höflichkeit.

»Ist etwas passiert, ohne dass ich davon erfahren habe?«

»Jede Menge ist nicht passiert! Wir sind bald drei Jahre auf dieser Insel. Vor Urzeiten war das letzte Schiff hier. Die Soldaten sind mürrisch und wollen nach Hause. Aber solange ich auch aufs Meer hinausschaue – ich sehe kein Schiff, das neue Truppen bringt und uns ablöst. Die Soldaten halten es nicht mehr in der Kaserne aus, sie träumen von Spanien, ihren Frauen und Kindern. Ich weiß nicht, wie lange ich es noch verhindern kann, bis sich einige der Männer an den Frauen hier vergreifen. Und schlimmer noch, dreht Euch einmal um und schaut auf den schönen Tempelberg. Ich meine natürlich Kaskadenberg. Vielleicht erinnert Ihr Euch, dass dieser Berg im letzten Jahr grün und fruchtbar war. Jetzt ist er eher grau. Der Ertrag auf den Feldern ist gering. Zuerst habe ich gedacht, die Inselbewohner würden extra schlecht wirtschaften, um uns Schaden zuzufügen. Ich habe es aber selbst geprüft, die Erde ist staubtrocken. Seit Wochen lassen die Soldaten Wasser mit dem Wagen herankarren, um es mit den Inselbewohnern auf den Feldern zu verteilen. Vergebliche Liebesmüh. Der Wind und die ständige Sonne trocknen die Felder schneller aus, als das Wasser verteilt ist. Ich habe die Inselbewohner gefragt, ob es solche Trockenheit in der Vergangenheit schon gegeben habe und jeder hat mir beteuert, dass dies das erste Mal seit Menschengedenken sei. Für Euch heißt das, dass, wenn Ihr nicht aufpasst, die mühsam gesammelten Schäfchen Eurer Gemeinde schneller davonlaufen, als Ihr sie zusammengetrieben habt!«

Sesnar war mittlerweile wütend über Merrons abfälligen Ton, während er erstmals den kargen Wuchs auf dem Kaskadenberg wahrnahm.

»Was soll das heißen?«

»Nun, ich frage mich, was sich die Inselbewohner denken, da sie gerade zu dem Zeitpunkt, da sie zum rechten Glauben bekehrt wurden, mit der schlimmsten Dürre ihrer Geschichte beglückt werden?«

»Vielleicht haben die Priester die Felder mit einem bösen Fluch belegt.«

»Dann, lieber Padre, solltet Ihr Euch einen Gegenzauber überlegen, damit die Insel wieder fruchtbar wird. Ich glaube nicht, dass es Euch gelingen wird, die Inselbewohner von der Allmacht Gottes zu überzeugen, wenn einige alte, schwache Priester es schaffen, diese Insel trockenzulegen.«

Der Padre erschrak. Sollten die Einheimischen tatsächlich denken, sie hätten sich zu einem falschen Gott bekannt, könnten sie sich gegen die Soldaten erheben. Einer Übermacht von dreitausend Inselbewohnern hatten vierzig gut bewaffnete Soldaten wenig entgegenzusetzen.

»Merron, was meint Ihr, was ich tun sollte?«

»Beten, dass entweder die Erde feucht und fruchtbar wird, oder beten, dass von irgendwoher ein Schiff kommt und uns aufnimmt.«

Mit diesen Worten wandte sich Merron ab und starrte wieder aufs Meer.

Auch Sesnar wusste nichts mehr zu sagen und schlich bedrückt zur Kaserne. Die Euphorie der letzten Tage und Wochen war verflogen. Das Innere der Kaserne erschien ihm dunkler und enger als je zuvor. Die Kleidung der Soldaten war zerschlissen und zerlumpt, die Gesichter ungepflegt, dabei waren ihnen Wut und Enttäuschung anzusehen. Wenn sich Sesnar näherte, erloschen ihre Gespräche schlagartig.

Die einzelnen Gesprächsfetzen, die er eben noch aufschnappen konnte, ließen den Padre das Übelste befürchten. Die Soldaten schienen sich zwar damit abgefunden zu haben, dass es hier kein Gold gab, aber ein Leben in Keuschheit wollten sie auf Dauer nicht hinnehmen. Sesnar vergrub sich in seinem Zimmer und bereitete eine Predigt vor, in der das Leben auf dieser Insel, die Enthaltsamkeit und Keuschheit, als Prüfung Gottes dargestellt wurden. Er zweifelte jedoch stark, ob – und wenn ja, wie lange – diese Predigt die Soldaten zur Besinnung bringen konnte.

In den folgenden Tagen schien es ihm unerträglich, in der Kaserne zu bleiben. Merron steigerte sich in sein Selbstmitleid und es schien ihm völlig egal zu sein, was seine Truppen anstellten. Nach außen bekundeten die Soldaten dem Geistlichen gegenüber noch Respekt, jedoch war es dem Padre nicht entgangen, dass die Männer ihn in Wahrheit verachteten. Sesnar wusste, dass nur ein gesunder Merron die Truppen einigermaßen kontrollieren konnte. Doch alle Gespräche mit dem Hauptmann endeten ohne brauchbares Ergebnis.

Auch Coxlan war der Zustand Merrons offenbar nicht verborgen geblieben und er fragte Sesnar:

»Ist der Hauptmann krank?«

»Nein!« Der Padre lächelte mitleidig und fuhr nach einer Weile fort. »Es sei denn, du kennst ein Mittel gegen die Traurigkeit.«

»Ja, ein solches Mittel kennen wir.«

Sesnar schaute den Novizen verwundert an.

»Welches Mittel soll das sein?«

»Es wird aus Pflanzen gewonnen, die die Priester im Tempelgarten gepflanzt haben.«

Ein Mittel gegen Traurigkeit. Erik dachte lang darüber nach, ob er diese Worte nicht wieder von dem Papier streichen sollte. Und dies hatte weder etwas mit dem Padre noch mit Merron zu tun. Wie oft hatte er sich selbst danach gesehnt, eine Pille einzunehmen, die ihm seine Verlorenheit und den Schmerz nehmen und die Leere füllen könnte. Stattdessen waren da nur vier Buchstaben, F. I. N. N., und das Bild seines Sohnes, das immer mehr verblasste, je öfter es sich Erik in Erinnerung rief. Stattdessen schien ihn das letzte Wort, der Schrei von Finn, wie ein dunkles Nichts in sich zu saugen. Dieses ›Papa‹ fraß sein Herz und seine Sinne. Gerade in diesem Moment bohrte es sich in seinen Körper mit einer Kraft, wie lang nicht mehr. Erik umschlang mit den Armen seinen Körper, hielt seine Ohren zu, nichts half, gar nichts. Stattdessen flüsterte ihm eine weitere Stimme unentwegt zu: »Es gibt kein Mittel gegen Traurigkeit. Es gibt kein Mittel gegen Traurigkeit.«

Mit einem Ruck stand Erik auf, so heftig, dass sein Stuhl nach hinten geschleudert wurde und umfiel. Flucht war das Einzige, was ihm einfiel, selbst wenn ihm das absurd erschien. Wo sollte er hin auf dieser Insel? Wo sollte er überhaupt hin auf dieser Welt? Wo konnte ihn diese seine Schuld nicht erreichen. Mit einem weiteren Satz war er auf der Terrasse und lief geradewegs Paco in die Arme. Der schaute ihn entsetzt an, bewegte sich keinen Millimeter. Es dauerte, bis Erik etwas sagen konnte.

»Ich habe es eilig, muss noch Besorgungen machen.« Seine Stimme zitterte, dies konnte auch Paco nicht entgangen sein. Der Gesichtsausdruck des Insulaners schwankte zwischen fragend und besorgt.

»Um diese Zeit werden Sie kaum noch etwas bekommen.« Er zögerte einen Moment. »Sie sehen eher aus, als würde Sie ein Dämon verfolgen.«

›Dämon‹, so konnte man es auch nennen. Beinah hätte Erik laut gelacht. Nicht dieses fröhliche Lachen, sondern dieses, wenn sich Verzweiflung in Hysterie wandelt. Gleichermaßen lag ihm nichts ferner, als mit Paco über seine Gefühle zu reden. Wortlos versuchte er, sich an dem Insulaner vorbeizuschieben, doch der hielt ihn am Arm fest. »Wenn Sie wollen, kann ich Sie morgen in das Dorf fahren.

Ich habe den Bus den ganzen Tag und Touristen sind weit und breit nicht in Sicht.«

Erik schüttelte energisch den Kopf. »Das ist sehr freundlich, aber für heute muss ich mir ein wenig den Meereswind um den Kopf wehen lassen. Ich melde mich, wenn ich Bedarf habe.« Ohne eine Antwort abzuwarten, löste er sich aus Pacos Griff und ging davon. Zunächst langsam, doch je größer die Entfernung zu dem Mann wurde, umso größer und schneller wurden seine Schritte.

Erst spät am Abend, kraftlos und ausgetrocknet, kehrte Erik in das Haus zurück. Er hatte sich völlig verausgabt und stellte beruhigt fest, dass die Stimmen in ihm schwiegen. Es war ihm klar, dass dies nur seiner Erschöpfung geschuldet war. Nachdem er einen Liter Wasser in beinahe nur einem Zug getrunken und geduscht hatte, setzte er sich wieder an den Tisch. Der umgestürzte Stuhl, den er bedächtig aufstellte, erinnerte an seine Pein vor wenigen Stunden. Er legte den Kopf auf den Tisch und wartete auf seine Träume. Was, wenn es wirklich ein Mittel gegen Traurigkeit gab und er es auf dieser Insel finden würde?

Nach Eroberung des Tempelbezirks war es den Inselbewohnern verboten, sich den früheren Tempelmauern zu nähern. Auch Coxlan war es bisher nicht gestattet worden, den Tempel zu sehen und er hatte auch nicht danach verlangt. Merron und Sesnar waren sich einig, dass der Besuch des Berggipfels erst dann wieder frei sein sollte, wenn nichts mehr an die Tempel und die alte Religion erinnerte. Im Interesse des Hauptmanns hielt es Sesnar nun für erforderlich, eine Ausnahme zu machen. Außerdem interessierte den Padre, wie der Novize darauf reagierte, dass die Tempelanlage in weiten Teilen abgebaut war und auf dem Opferplatz die Kapelle stand. Er unterrichtete Merron von seinem Entschluss und dieser entschied, mit auf den Berg zu steigen.

Als sie durch das Tor der Tempelanlage traten, beobachtete Sesnar den Novizen genau. Dieser schaute sich zunächst irritiert um und starrte dann minutenlang auf die fast fertiggestellte Kapelle. Coxlan zeigte keine Trauer und der Padre war erfreut, dass der Anblick der Kapelle den jungen Mann in seinen Bann zog. Nach einer Weile erklärte er ihm, dass dies das Haus sei, in dem die Christen zu ihrem Gott beteten.

Sesnar freute sich, dass Coxlan darauf brannte, das Innere der Kapelle zu sehen. Sie stiegen andächtig die Treppe hinauf und betraten die Kapelle, die noch nicht über Türen verfügte. Am Ende des Gebäudes hatte Sesnar ein provisorisches Kreuz aufhängen lassen. Als der Novize angesichts des Kreuzes ehrfurchtsvoll sein Haupt neigte und zu Boden blickte, war der Padre glücklich.

Nach einer Weile verließen sie die Kapelle und Coxlan machte sich wortlos daran, von einer etwa zwei Mann hohen Staude Blätter zu zupfen.

»Was ist das?«, erkundigte sich Merron.

»Das ist die Pflanze, die das Leid nimmt.«

»Ich hoffe, du willst mich nicht vergiften«, witzelte der Hauptmann.

»Unser Glaube verbietet es, Menschen zu töten!«, zischte der Novize und seine Augen funkelten vor Zorn.

Sesnar fuhr zusammen, doch bevor er etwas sagen konnte, erwiderte Merron: »Ich dachte, Ihr seid Christ?«

Coxlans Ärger schien verflogen und er schaute den Hauptmann milde an. »Habt Ihr etwa das fünfte Gebot vergessen?«

Merron starrte den Novizen mit offenem Mund an und stotterte nach einer Weile: »Nein, natürlich nicht.«

Der Padre hätte mit dem Verlauf des Gespräches zufrieden sein können, dennoch war er verstört. Zwar bezog sich sein Schüler, als er von »unserem Glauben« sprach, ausdrücklich auf das Christentum und das fünfte Gebot, dennoch hatte Sesnar das Gefühl, dass Coxlan tatsächlich seinen alten Glauben meinte. Immerhin hatte der frühere Novize dem Padre immer wieder versichert, dass das Töten eines Menschen auch nach dem Glauben der Inselbewohner strikt verboten sei. Sesnar versuchte in dem Gesicht des jungen Mannes irgendetwas zu lesen, eine Regung zu erkennen, doch dieser konzentrierte sich auf seine Arbeit.

Bereits Calvez hatte die Hilfsbereitschaft und Freundlichkeit der Inselbewohner und der Priester gelobt. Sesnar musste sich eingestehen, dass Coxlan seit seinem Erscheinen jedermann Hilfe anbot, rücksichtsvoll und zuvorkommend war. Es stand außer Frage, dass der junge Mann tatsächlich helfen würde und nicht im Geringsten daran dachte, dem Hauptmann zu schaden. Doch der Padre weigerte sich in Betracht zu ziehen, dass die Nächstenliebe Coxlans in dessen früherem Glauben begründet lag. Der Novize erzählte viel zu wenig über das Leben und den Glauben der Priester und für Sesnar war ausgeschlossen, dass Wilde, die nicht an den Herrn, sondern an Sonnen- und Regengötter glaubten, die gleichen Werte achteten wie Christen. Zufrieden bestätigte sich Sesnar, Coxlan erfolgreich bekehrt zu haben.

Nach einer Weile hatte der Novize zwei Hände voll Blätter gesammelt und wandte sich einem weiteren Gehölz zu, von dem er einige Stängel abbrach. Er bat Merron, ein Feuer zu entzünden und hielt dann die zuletzt geernteten Stängel in die Flammen. Als diese brannten, legte er sie auf einen sauberen Stein und zog aus seinem

Gewand eine der gekochten Erdfrüchte hervor, die auf der Insel fast zu jeder Mahlzeit verspeist wurden. Als er von den Stängeln nur noch die Asche übrig hatte, zerdrückte er die Erdfrucht zu Brei und mischte sie unter die Asche. Er formte kleine Kügelchen, die er zum Trocknen in die Sonne legte.

Während Coxlan offensichtlich darauf wartete, dass die Kugeln fest wurden, erklärte er, dass Heilpflanzen grundsätzlich nur im Inneren des Tempelbezirkes angebaut wurden. Jede Heilpflanze könne Schaden verursachen, wenn man sie in zu großen Mengen und in falscher Form anwendete. Um die Inselbewohner zu schützen, hatten die Priester diese Regel ausgegeben.

Er warnte den Hauptmann ausdrücklich davor, zu viel von diesem Mittel zu nehmen. Coxlan erklärte ihm, dass er am Tag höchstens zweimal jeweils drei bis vier Blätter und ein solches Kügelchen in den Mund nehmen und vorher seinen Speichel schlucken solle. Kügelchen und Blätter könne er getrost zwei Stunden im Mund behalten.

Nach einer Weile schien der Novize zufrieden mit dem Trockenheitsgrad seines Medikaments. Er reichte Blätter und Kügelchen an Merron weiter. Der Hauptmann zögerte, doch nach einem aufmunternden Nicken Sesnars nahm er die empfohlene Dosierung. Merron verzog das Gesicht und beklagte den bitteren Geschmack. Coxlan grinste irgendwie schadenfroh.

Sesnar war noch in guter Erinnerung, mit welcher Begeisterung General de Manoz von den Heilkünsten der Priester berichtet hatte. Dennoch war er der Überzeugung, dass es sich dabei lediglich um Hokuspokus handeln könne, verbunden mit düsteren Ritualen und Aberglauben. Umso überraschter war er nun über die schnell einsetzende Wirkung der Medizin.

Sie waren auf dem Weg ins Tal und höchstens eine halbe Stunde gelaufen, als Merron begann, Sesnar von der Schönheit der Insel vorzuschwärmen, die auf den Feldern arbeitenden Bauern freundlich zu grüßen und einen Witz darüber zu machen, dass er gespannt sei, ob der Hokuspokus Coxlans tatsächlich helfen würde. Sesnar beobachtete Merron und ihm fiel auf, dass dessen betrübte Haltung gewichen war, der Hauptmann dynamischer und kraftvoller wirkte.

Auch die Soldaten bekamen bald die Wirkung der Medizin zu spüren. Merron bemängelte Ordnung und Kleidung der Soldaten und forderte sie lautstark zu mehr Disziplin auf. Er verschwand für gut eine Stunde in seinem Zimmer und als er zurückkehrte, war er rasiert und seine stark verschmutzte Kleidung notdürftig gereinigt. Er ordnete ein ausgiebiges Exerzieren an und als die Soldaten nach zwei Stunden schwitzend und fluchend in die Kaserne zurückkehrten, forderte Merron Sesnar auf, mit ihm gemeinsam einen Erledigungsplan für die nächsten Wochen und Monate zu erstellen.

Der Hauptmann strotzte vor Tatendrang und Sesnar hatte den Eindruck, er wolle alle Versäumnisse der letzten Wochen an diesem Abend nachholen.

Tief in der Nacht, dem Padre fielen fast die Augen zu, schickte Merron ihn zu Bett, da er damit beginnen wollte, Arbeitspläne für seine Soldaten zu entwerfen. Als Sesnar am nächsten Morgen sein Zimmer verließ, erwartete er, dass Merron noch schliefe oder zumindest sehr übernächtigt sei. Stattdessen erfuhr er von den Soldaten, dass der Hauptmann bereits bei Sonnenaufgang zum Kaskadenberg hinaufgestiegen sei. Nur kurze Zeit später sah er, wie der Hauptmann beschwingten Schrittes vom Berg zurückkehrte. Aus der Ferne war zu erkennen, dass er einer Inselbewohnerin einen schweren Korb abnahm und ihn ihr nach Hause trug. Beim Näherkommen konnte

Sesnar den Merron lautstark darüber fluchen hören, dass seine faulen Soldaten zu wenig Wasser auf den Berg transportiert hätten.

Der Padre schöpfte Hoffnung. Die Schaffenskraft und Entscheidungsfreude Merrons forderte den Soldaten Respekt ab. Jede Disziplinlosigkeit wurde jetzt bestraft. Die Warnung des Hauptmanns, derjenige, der einem Inselbewohner Übles antäte, müsse mit dem Schlimmsten rechnen, war glaubhaft.

Jeden Morgen begab sich Merron nunmehr auf den Gipfel des Berges, um – wie er sagte – die Fortschritte beim Abbau der alten Tempelanlage zu überwachen. Er wirkte stets gut gelaunt und lebhaft und Sesnar fiel erst nach einigen Tagen auf, dass die ursprüngliche Entscheidungsfreude einer Gleichgültigkeit und der Handlungswille einer Fahrigkeit gewichen waren. Per Zufall beobachtete er, wie der Hauptmann eines Tages einige der länglichen grünen Blätter, die Coxlan ihnen gezeigt hatte, in die Backentasche schob. Der Padre beschloss, den Offizier genauer zu beobachten. Bald erkannte er, dass Merron im Abstand von einer bis eineinhalb Stunden neue Blätter zu sich nahm, die er sich wohl auf seinen morgendlichen Überwachungsgängen zur Tempelanlage selbst pflückte. Sesnar war sich immer noch nicht sicher, wie viel Vertrauen er Coxlan schenken durfte. Aber wem sollte er seine Beobachtung anvertrauen, wenn nicht dem Novizen? Nur dieser kannte die Heilkräuter der Insel.

Coxlan zeigte sich bestürzt. »Diese Blätter dürfen nur mit den Kugeln gemeinsam zu sich genommen werden. Nimmt man die Blätter längere Zeit ohne die Kugeln, so verwirren sie den Geist. Sie schwächen Körper und Geist, ohne dass ein Mensch es merkt und obwohl er immer schwächer wird, empfindet er stets Freude. Das ist die Gefahr. Irgendwann kann der Mensch nicht mehr davon lassen, die Blätter zu nehmen. Sie dienen der Heilung und nicht dem

Vergnügen und deswegen durften diese Pflanzen auch nur von den Priestern angebaut und von diesen verordnet werden. Ihr müsst dem Hauptmann verbieten, die Blätter ohne die Kugeln und ohne meine Überwachung zu sich zu nehmen.«

Das aufrichtige Entsetzen des Novizen ließ keinen Zweifel zu. Sesnar erschrak. Die Aussicht, dass statt eines gelangweilten bald ein wirrer Hauptmann die Soldaten kommandieren würde, war beängstigend.

»Unfug, Blödsinn«, polterte Merron, als Sesnar ihm von den Schilderungen Coxlans berichtete. »Diese Blätter bekommen mir sehr gut und an diesen Hokuspokus aus Asche und Erdäpfeln werdet Ihr wohl nicht glauben.«

Der Padre wollte etwas erwidern, doch Merron schnitt ihm das Wort ab. »Ich bin alt genug, um auf mich selbst aufzupassen und benötige Euren Rat nicht. Geht nach draußen und kümmert Euch um eure Schäfchen, aber lasst mich in Ruhe. Ich hoffe, Ihr wollt dem Inselkommandanten keine Vorschriften machen. Wenn Ihr mich nun entschuldigen würdet, ich habe zu tun.«

Sesnar erkannte in den Augen des Hauptmanns ein wirres, bösartiges Funkeln und ihm war klar, dass es keinen Sinn machte, weiter zu streiten.

Nur mit Unlust führte Sesnar die Geburten- und Sterberegister und sah mit an, wie Merron immer mehr abmagerte, keinen Schlaf zu benötigen schien und sich scheinbar ausschließlich von den seltsamen Blättern ernährte.

Auch unter einigen Soldaten, die die Gewohnheit des Hauptmanns beobachtet hatten, war der Genuss der seltsamen Blätter verbreitet. Einzig glücklich stimmte den Padre, dass die Kirche auf dem Gipfel fertiggestellt war, der Rest der Tempelanlage vollständig vernichtet und die abgetragenen Steine zur Erweiterung der Kaserne ins Tal geschafft waren. Es verging Tag um Tag, Woche um Woche, und Sesnar hatte das Gefühl, die Welt stünde still.

Als endlich die lang ersehnte Regenzeit begann, war von den drei Wasserfällen nichts zu sehen. Stattdessen stürzten die Wassermassen den Tempelberg herab und rissen den ausgelaugten und ausgetrockneten Ackerboden der Terrassen mit ins Tal. Der Padre ertappte sich immer öfter bei dem ketzerischen Gedanken, dass er es keinem der Einheimischen verübeln könne, wenn er dem christlichen Glauben den Rücken kehrte. Mit der Bekehrung waren die ausgetrockneten Felder, das Ausbleiben der Wasserfälle und zuletzt die Schlammmassen im Tal gekommen. Umso mehr war Sesnar verwundert, dass er von den Inselbewohnern kein Wort der Klage hörte. Es schmerzte ihn, dass er keinen Gottesdienst halten konnte, da die Kirche auf dem Berggipfel wegen der gefährlichen Schlammlawinen nicht erreichbar war.

Ohnehin schien ihm der Gedanke, eine Kirche auf dem Berggipfel errichten zu lassen, mittlerweile töricht. Der Weg auf den Gipfel war für Alte und Gebrechliche unzumutbar. Vorsichtig wandte er sich an den Hauptmann und bat um einige Steine der abgerissenen Tempel, um ein weiteres Gotteshaus bauen zu können. Merron spielte mit einigen Soldaten Karten um einen Sold, den es seit Jahren nicht mehr gegeben hatte. Stattdessen wurden Schuldscheine ausgestellt. Es war offensichtlich, dass keiner der Spieler mehr daran glaubte, jemals Sold zu erhalten, denn die Einsätze, um die gespielt wurde, erreichten nach Sesnars Überzeugung aberwitzige Höhen.

Als der Padre sein Anliegen vorgetragen hatte, antwortete Merron mit wirrem Blick, jedoch geradezu übertrieben gut gelaunt: »Natürlich Padre, nehmt Euch von dem Zeug, so viel Ihr wollt. Wir haben keine Gegner, wir haben keine Aufgaben, wir haben keinen Sold, dann sollten wir doch wenigstens ein zweites Gotteshaus haben.«

Der Zynismus des Hauptmanns und das schallende Gelächter der Soldaten erschütterten Sesnar.

»Padre, Ihr erlaubt, dass wir dieses Spiel noch beenden und Euch dann beim Bau helfen. Unsere vom Kampf erhitzten Gemüter benötigten dringend einige kühlende Regentropfen.«

Erneut brach unter den Soldaten lautes Gelächter aus und Sesnar verließ fluchtartig das Gebäude. Er war überrascht, dass sich dennoch in kurzer Zeit viele Soldaten einfanden, die bei der Errichtung der Kirche helfen wollten. Er verbarg seine Enttäuschung darüber, dass deren einzige Motivation war, dem langweiligen Kasernenleben zu entfliehen.

Der Padre erzählte Coxlan von seinem Vorhaben und bald fanden sich auch Inselbewohner ein, die Arbeitskraft anboten, bis wieder mit der Feldarbeit begonnen werden könne. In der Mitte des Ortes war ein großer freier Platz, von dem vier Wege in jeweils rechtem Winkel abgingen und so die Form eines Kreuzes bildeten. Ein Weg hielt gerade auf den Kaskadenberg zu und der Kirchenmann zog in Erwägung, das Gotteshaus am Ende dieses Weges bauen zu lassen. Er fühlte sich jedoch nicht wohl bei dem Gedanken, dass der Anblick der Kirche alsdann von dem Kaskadenberg der Heiden beherrscht würde. So entschloss er sich, die Kirche am Ende des kurzen Weges in nordwestlicher Richtung zu platzieren.

Obwohl er sich nichts sehnlicher wünschte, als sich die regelmäßigen mühsamen Anstiege zum Gipfel des Kaskadenberges ersparen zu können, stellte er doch fest, dass ihm jegliche Fantasie bei der Gestaltung und der Planung der Kirche fehlte. So entwarf er lediglich einen einfachen, schmucklosen Zweckbau. Die Arbeiten kamen zu Beginn dank der Hilfe der Inselbewohner zügig voran. Die Regenzeit währte dieses Mal jedoch kürzer, als er es aus dem Vorjahr kannte und so mussten die Soldaten relativ früh alleine den

Bau des Gotteshauses vorantreiben. Sesnar empfand dies nicht als Unglück. Vielmehr war er froh darüber, dass die Soldaten eine sinnvolle Beschäftigung hatten und so von anderen üblen Gedanken abgehalten wurden.

Obwohl der Regen nicht so heftig wie in den Vorjahren war, hatte er auf den Feldern erheblichen Schaden angerichtet. Die Inselbewohner verbrachten Wochen damit, die vom Kaskadenberg herabgespülte fruchtbare Erde wieder auf die Terrassen hinaufzutragen und dort auszubringen. Doch alle Mühe war vergebens. Immer mehr Zeit verbrachten die Inselbewohner damit, Wasser aus dem Tal auf den Berg zu schaffen, um die wenigen Pflanzen ausreichend zu bewässern.

In jenen Tagen wandte sich der junge Soldat Antonio Crocha in einer Beichte an Sesnar. Crocha hatte Schuldgefühle wegen der Ermordung der Priester, er beklagte, dass er sich der derben Ausdrucksweise der übrigen Soldaten anpassen müsse, um nicht unangenehm aufzufallen. Dass er Zoten erzählen und jungen Frauen nachgeifern müsse, um nicht als Sonderling zu gelten. Sesnar erfuhr, dass der Soldat gerne Priester geworden wäre, seinen Eltern als armen Bauern jedoch das Geld fehlte, um ihn zur Schule zu schicken. Stattdessen drängten sie ihn, in den Militärdienst zu treten. Die Bemühungen Sesnars, Antonio Crocha Trost zu spenden, waren vergebens; zu schwer wog die seelische Pein, die der junge Mann durchlitt. Als Sesnar Merron die Probleme Crochas vortrug, antworte dieser lapidar: »Dann soll er doch Priester werden. Ihr könnt ihn meinetwegen ausbilden. Den König wird es freuen, wenn er Sold spart, sofern wir jemals Sold erhalten sollten.«

Die Tage vergingen langsam und zäh. Umso mehr war der Padre überrascht, als er eines Tages nachrechnete, dass er schon über vier

Jahre auf der Insel lebte, das letzte Versorgungsschiff vor fünfunddreißig Monaten unter Kapitän Piraz die Insel verlassen hatte und vor über zweieinhalb Jahren die Tempelanlagen erstürmt worden waren. Sesnar verbrachte Tage damit, Crocha Schreiben und Lesen beizubringen und ihn in die Aufgaben eines Priesters einzuweisen. Der frühere Soldat erwies sich als eifriger, wenn auch wenig begnadeter Schüler. Coxlan hingegen lernte schnell, doch hatte der Padre den Eindruck, auch wenn er ihn nicht begründen konnte, dass der Novize nur halbherzig seinen Ausführungen über das Christentum und die Aufgaben als Priester folgte. Auch die Kinder des Ortes lernten zwar zügig Schreiben und Lesen, dennoch fühlte Sesnar, dass zwischen ihm und den Kindern eine unsichtbare Wand zu stehen schien.

Die Soldaten schienen dank der Blätter, die sie mittlerweile ebenso wie Merron täglich kauten, energiegeladen und gut gelaunt. Trotzdem erkannte der Padre, wie sehr die Männer ihrer Träume beraubt waren. Wetteiferten sie noch einige Wochen zuvor, wie sie den aufgelaufenen Sold, der ihnen in Spanien ausgezahlt werden müsse, versaufen und verhuren wollten, so verbreitete sich nunmehr immer schneller das Gerücht, man wolle sie absichtlich auf dieser Insel zurücklassen, um ihren Sold einzusparen.

Die Ernte stellte sich noch schlechter als im Jahr zuvor heraus. Obwohl die Bauern unentwegt Wasserkrüge und Fässer den Berg hinaufschleppten, reichten all die Anstrengungen nicht aus, um den sonst so fruchtbaren Boden genügend zu wässern. Die Rinder, die de Manoz Calvez geschenkt hatte, hatten sich zu einer kleinen Herde entwickelt. Merron jedoch verbot die Jagd nach den Rindern, weil sie für den Fall einer Hungersnot als Reserve bewahrt werden sollten. Glücklicherweise fiel die Ernte nicht so schlecht aus, wie Sesnar befürchtet hatte. Dennoch war er sich bewusst, dass, sollten die nächsten Jahre ähnliche Ernterückgänge bringen, dringend neue Möglichkeiten der Bewässerung erschlossen werden mussten.

Sesnar sehnte die Regenzeit herbei. Als die ersten Schauer fielen, atmeten Mensch und Land auf. Der Padre, aber auch die Inselbewohner, schauten gespannt auf die Stellen, aus denen früher die Wasserfälle aus dem Berg brachen. Doch auch diesmal war von den Wasserfällen nichts zu sehen und Sesnar malte sich, entsetzt darüber, dass er selbst die Wasserfälle mit der Trockenheit und dem Inselglauben in Verbindung brachte, düstere Bilder von kommenden Dürren und Hungersnöten aus.

Es trug nicht zur Besserung der Stimmung des Kirchenmannes bei, dass er bereits seit einigen Tagen drei junge Inselfrauen stets lachend und tanzend in der Kaserne beobachtete. Als er Merron darauf ansprach, antwortete dieser lapidar: »Das ist doch besser, als würden die Soldaten über nicht willige Inselfrauen herfallen. Bedenkt, wie lange die Soldaten schon von zu Hause und ihren Familien getrennt sind. Nicht jeder hat ein Keuschheitsgelübde abgelegt und den eisernen Willen, dieses auch zu halten.«

Sesnar bereitete eine Predigt vor, in der er Ehebruch und Prostitution verteufelte, doch erntete er nach der Predigt eher ein mitleidiges Lächeln von den Soldaten.

Es war gegen Ende der Regenzeit, als Coxlan nicht, wie sonst üblich, bei ihm erschien. Zuerst suchte Sesnar selbst die Kaserne ab und nachdem auch dort niemand den Novizen gesehen hatte, ging er in das Dorf, um dort nach dem jungen Mann zu suchen. Aber wo immer er auch fragte, niemand hatte von Coxlan gehört oder wusste etwas über seinen Aufenthaltsort. Sesnar sorgte sich, Coxlan könnte ein Unglück widerfahren sein und bat Merron, einen Suchtrupp auszusenden. Eine merkwürdige Art von Angst krampfte Sesnars Magen zusammen. Es war weniger die Sorge um das Wohlbefinden Coxlans, auch wenn Sesnar inständig betete, ihn bald gesund wiedersehen zu können. Vielmehr kämpfte er mit der Furcht, erkennen zu müssen, dass er von Coxlan und den Inselbewohnern getäuscht wurde und sich – vielleicht in Selbstherrlichkeit – des Erfolges seiner Arbeit viel zu sicher war.

Er war so stolz darauf gewesen, binnen weniger Wochen sämtliche Inselbewohner bekehrt zu haben, dass er sich zu keinem Zeitpunkt darüber gewundert hatte, dass diese so leichtfertig ihrem alten Glauben abschworen. Nie hatte er sich die Frage gestellt, ob das Bekenntnis zum Christentum tatsächlich von Herzen käme oder nur auf Druck der Soldaten erfolgt war. Sesnar war so begeistert gewesen von dem Lese- und Lerneifer des Novizen, dass er dessen Angaben, nicht lesen und schreiben zu können, zu gerne Glauben geschenkt hatte.

Bei diesem Gedanken schrak der Padre auf. Als würde er von einer Horde Wilder verfolgt, stürzte er zur Kirche in den kleinen Raum, in dem er sich stets vor seinen Predigten vorbereitete. Dort bewahrte er auch die Schriftrollen der alten Priester auf, von denen er hoffte, sie entziffern zu können. Bereits auf dem Weg zur Kirche wurde sich der Prediger immer sicherer, dass er diese Rollen nicht mehr antreffen würde. Und tatsächlich waren alle Schriftrollen verschwunden.

In Sesnars Herzen tobten zwei Gefühle. Einerseits freute er sich, dass Coxlan noch am Leben war, gleichzeitig ärgerte er sich, von ihm so getäuscht worden zu sein. Zu gerne hätte er mehr von dem Glauben der alten Priester erfahren, was er natürlich niemals zugeben hätte.

Während er in die leeren Regale starrte, wurde ihm zunehmend bewusst, dass er die Möglichkeit, sich mit der Kultur der Inselbewohner und der Priester auseinanderzusetzen, schon lange vertan hatte. Viel zu sehr war er darauf konzentriert gewesen, jeden zu bekehren, anstatt sich zunächst ein Bild von dessen Glauben und Selbstverständnis zu verschaffen. Seine Gedanken wanderten wild hin und her, mit wechselnden Gefühlen ging er zurück zur Kaserne.

Mit dem Sonnenuntergang kehrten die Soldaten von der Suche nach dem Novizen erfolglos zurück. Sie hatten alles gründlich durch-kämmt, sogar eine kleine Höhle unterhalb der früheren Tempelanlage entdeckt, doch war diese unbewohnt. Sesnar wusste nicht, ob er sich darüber freuen konnte, dass Coxlan nicht gefunden wurde. Vielleicht ergaben sich doch noch Möglichkeiten für ein Treffen und ein offenes Gespräch über die unterschiedlichen Glaubensrichtungen. Ebenso gern hätte er jedoch auch den Novizen, der sein Vertrauen missbraucht hatte, in Ketten vor sich gesehen und ihn gezwungen, sein Wissen zu offenbaren. Doch der Padre war sich sicher, dass Coxlan auch unter Folter kein Wort verraten hätte. Sesnar konnte während der ganzen Nacht kein Auge zumachen, zu viele Gedanken sammelten sich und kreuzten in seinem Kopf.

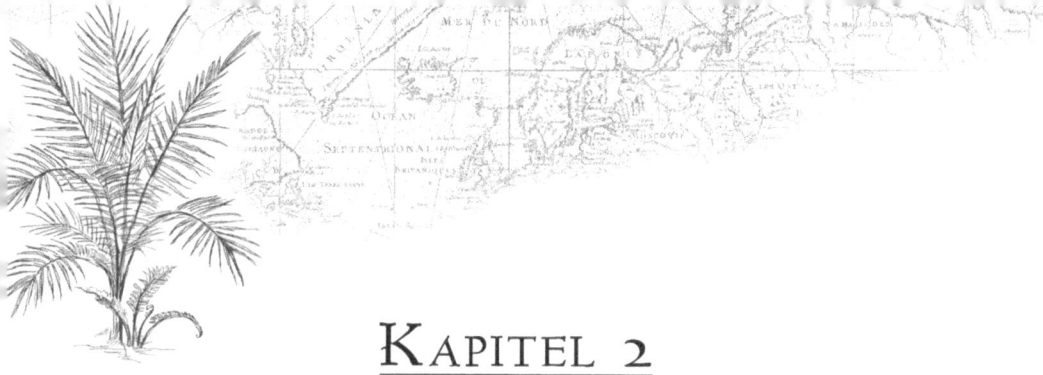

KAPITEL 2

𝔄m nächsten Morgen erschien ein Bauer in Begleitung eines kleinen Jungen, den Coxlan von den Schulstunden kannte, und ließ nachfragen, welche Felder mit welchen Früchten bepflanzt werden sollten. Sowohl Sesnar als auch Merron waren völlig überrascht, als der Bauer ihnen erklärte, dass früher die Priester einen Plan zur Bewirtschaftung ausgearbeitet hatten, und seitdem es keine Priester mehr gab, Coxlan die Planung für die Bewirtschaftung der Felder übernommen hatte.

Der Padre wurde zunehmend unsicher. Wenn Coxlan auch den Inselbewohnern gegenüber die Aufgaben eines Priesters wahrgenommen hatte, vielleicht war er nicht nur … Sesnar sträubte sich, diesen Gedanken weiter zu verfolgen. Noch mehr irritierte ihn, dass der Novize mit seinem Verschwinden anscheinend auch den Kontakt zu den Inselbewohnern abgebrochen hatte. Merron beließ es bei der einfachen Anweisung, die Bauern sollten auf ihre Erfahrungen vertrauen und so die Bewirtschaftung der Felder vornehmen.

Sesnar spürte, dass er ausgelaugt und kraftlos war und dringend der Ruhe bedurfte. Er verstand die Insel, die Inselbewohner, deren Glauben und Traditionen, nahezu die ganze Welt nicht mehr. Obwohl er länger auf der Insel lebte als Kapitän Calvez es getan hatte, entschied er sich, die Aufzeichnungen des Kapitäns eingehend zu lesen, um vielleicht Hinweise zum Verständnis der Inselbewohner zu erlangen. Er ließ sich von Soldaten ausreichend Wasser- und Essensvorräte an trockenem Brot und Körnern zur Kapelle auf dem Gipfel des Berges tragen und folgte ihnen mit den Tagebüchern des Admirals.

Er verbrachte täglich viel Zeit mit Gebeten, starrte stundenlang über Land und Meer und erfasste mit jeder Seite, die er in Calvez' Aufzeichnungen las, dessen feinsinnigen und sensiblen Charakter und die unendliche Tragödie, die ihm das Leben durch den Tod seiner Frau und den seltsamen Verlauf seiner Karriere beschert hatte.

Als Sesnar nach drei Wochen der Einsamkeit wieder ins Tal hinabstieg, war er nicht mehr derselbe. Zunächst klärte Sesnar Merron darüber auf, dass man nicht mehr damit rechnen könne, die Insel lebend zu verlassen. Er berichtete dem verdutzten Hauptmann, wie und aus welchen Gründen der königliche Rat die Position der Insel manipuliert habe, und sollten die lediglich vier Kapitäne, die die tatsächliche Position der Insel kannten, verstorben oder wie Ronte in den Dienst einer anderen Nation getreten sein, gäbe es wohl niemanden im Königreich Spanien, der ihnen ein Schiff zur Ablösung schicken könnte. Sie müssten daher damit rechnen, bis zum Ende ihres Lebens auf dieser Insel zu verbleiben. Umso wichtiger sei es daher, sich in das Inselleben einzugliedern, bei der Saat- und Erntearbeit mitzuhelfen und sich im Übrigen mit den Inselbewohnern zu arrangieren.

Das Entsetzen Merrons, dass die durch seine Familie protegierte Militärkarriere bereits als kleiner Hauptmann auf dieser Insel beendet wurde, war ihm deutlich anzusehen. Das durch den übermäßigen Genuss der Blätter bereits gezeichnete Gesicht fiel noch mehr in sich zusammen. Sesnar wartete dessen Antwort nicht ab und verließ das Zimmer. Kaum hatte er die Tür hinter sich geschlossen, begann der Hauptmann hysterisch zu lachen und im Laufe der Zeit ging dieses schaurige Lachen mehr und mehr in ein jämmerliches Schluchzen über.

Am Abend suchte Merron den Padre auf und jammerte ihm die Ohren voll, wie heftig ihm das Schicksal zugesetzt habe, wie ungerecht die Welt sei und all sein Wehklagen unterbrach er regelmäßig durch heftiges Schluchzen. Den wirren, unruhigen Augen des Offiziers war anzusehen, dass er zuvor wieder große Mengen der berauschenden Blätter zu sich genommen hatte. Sesnar empfand kein Mitleid, lediglich Abscheu.

Umso mehr stieg seine Achtung vor Calvez, der die Erniedrigung, wahrscheinlich den Rest seines Lebens auf dieser Insel verbringen zu müssen, mit Würde hingenommen hatte. Sesnar wurde klar, dass er sich nunmehr in der gleichen Situation befand wie seinerzeit Calvez. Auch der Admiral war im Hinblick auf sein Schicksal lediglich darum bemüht gewesen, ein harmonisches Zusammenleben mit den Inselbewohnern aufzubauen. Zum gleichen Schritt waren nun auch die Soldaten, Merron und er selbst gezwungen. Doch statt sich mit der Wahrheit abzufinden und nach Lösungen zu suchen, jammerte der Hauptmann hilflos herum. Sesnar hörte sich diese Litaneien unkommentiert an, und als dieser endlich das Büro verließ, machte sich der Padre, ohne noch einen Gedanken an den Hauptmann zu verschwenden, daran, einen Plan für seine seelsorgerische Tätigkeit zu entwerfen.

Am nächsten Tag brach er früh auf und suchte das Gespräch mit den Dorfbewohnern. Bei jedem, von dem er wusste, dass er Kinder hatte, vergewisserte er sich, dass die Eltern seine Pläne, Schulunterricht zu erteilen, auch tatsächlich unterstützen würden. Von den Bauern wiederum ließ er sich zeigen, wie die eine oder andere Frucht anzubauen war, wie sie behandelt werden musste und seine Ungeschicklichkeit rief bei den Bauern erhebliches Vergnügen hervor. Und als Sesnar seine Hände in die fruchtbare Erde des Tales vergrub und mit den Inselbewohnern lachte, verspürte er zum ersten Mal, dass ein Priester zu sein nicht nur die Erfüllung einer Pflicht, sondern auch Freude war.

Erst nach Sonnenuntergang kehrte er zur Kaserne zurück. Von der ungewohnten Landarbeit schmerzten ihm Rücken und Beine. Und dennoch fühlte er sich wohl wie lange nicht mehr. Schon von weitem hörte er Gegröle und Gelächter aus der Kaserne. Als er sich dem Gebäude näherte, sah er etwa die Hälfte der Soldaten draußen stehen und leise tuscheln. Sie erstarrten, als sie ihn sahen. Aus der Kaserne selbst ertönte Lärm.

»Was ist denn hier los?«, wandte sich Sesnar an einen der Soldaten.

»Der General gibt eine Feier.«

»Welcher General?«

»General Merron.«

Der Padre wusste, dass der Hauptmann nun dem Wahnsinn verfallen war. Er versuchte unauffällig an dem Speisesaal, in dem die Feier tobte, vorbeizuschleichen, doch Merron entdeckte ihn und zerrte ihn an seiner Soutane in den Raum.

»Nun«, begann Merron mit lallender Stimme, »da es unser königlicher Rat verpasst hat, die überfälligen Beförderungen vorzunehmen, habe ich mich entschieden, die Arbeit des königlichen Rates zu übernehmen. Darf ich vorstellen, ich bin General Merron und dies sind meine Offiziere. Und Euch, Sesnar, befördere ich zum Papst.«

Die neuernannten Offiziere brachen in Gelächter aus. Alle hatten den Mund zum Bersten voll mit den Blättern, der Schaum lief aus ihren Mundwinkeln und dennoch schob jeder, sobald etwas Platz war, neue Blätter nach.

»Und morgen werde ich diesen Inselkakerlaken den Todesstoß verpassen!«, fuhr Merron mit gefährlichem Tonfall fort. »Von den drei Büschen mit diesen wunderbaren Blättern sind zwei eingegangen und der dritte wurde heute Nacht ausgegraben.«

Merrons Augen verengten sich, als er Sesnar nahe an sich heranzog.

»Oder, mein lieber Papst, solltet Ihr etwas mit dem Verschwinden der dritten Pflanze zu tun haben?«

Merron stank widerlich, doch bevor Sesnar etwas erwidern konnte, riss er die Augen auf, die sich verdrehten. Kurz danach übergab er sich über die Soutane Sesnars. Der Mann fiel zu Boden und blieb regungslos liegen. Erneut brach unter den neu ernannten Offizieren brüllendes Gelächter aus. Jeder glaubte an ein Schauspiel des Hauptmanns.

Sesnar beugte sich nieder und blickte in das aschfahle Gesicht Merrons, der nur noch leise röchelte und stöhnte. Er hastete hinaus zu den Soldaten und befahl ihnen, Merron auf sein Zimmer zu bringen. Die übrigen ›Offiziere‹ überließ er ihrem Schicksal. Er ging in sein Zimmer, wusch die vollgespuckte Soutane aus und ging müde und erschöpft zu Bett.

Mitten in der Nacht schlug jemand heftig an seine Tür.

»Padre, Padre, schnell, Ihr müsst kommen!«

Schlaftrunken taumelte Sesnar zur Tür, öffnete und sah im flackernden Licht der Fackel einen Soldaten, der ihn beschwor, sofort mit in den Speisesaal zu kommen. Dort bot sich dem Kirchenmann ein Bild des Grauens. Alle ›Offiziere‹, zwanzig an der Zahl, lagen, teils in Erbrochenem, kreuz und quer im Raum. Manche blickten starr an die Decke, andere hatten die Augen geschlossen. Er trat an den ersten am Boden Liegenden heran, der die Augen starr zur Decke gerichtet hatte, und versuchte den Puls zu fühlen. Der Mann war tot. Er eilte zum nächsten und konnte auch hier kein Leben mehr feststellen. Nur bei fünf Männern ließ sich schwach der Puls fühlen.

Erik spürte, wie die Übelkeit in seinen Körper kroch, nahm den sauren Geruch des Erbrochenen war. Obwohl er sich selbst immer wieder beteuerte, dass alles nur Träume waren, konnte er nichts davon abschütteln. Mitleid verspürte er nicht. Vielleicht ein wenig mit den Soldaten, die einfach ihrem Schicksal überlassen worden waren. Merron jedoch verachtete er einmal mehr. Nein, Erik war sogar froh über dessen Tod. Wer weiß, was dieser unberechenbare Tyrann dem Inselvolk sonst alles angetan hätte.

Dieses ›Mittel gegen Traurigkeit‹ wollte Erik weder suchen noch finden. Vermutlich waren es Coca-Blätter, spekulierte er. Allerdings – in kleinen Dosen, vorsichtig genossen, würde es Finns Bild aus seinem Herzen vertreiben? Wenigstens vorübergehend, denn mit der Übelkeit stieg das Gesicht, umweht von blonden Locken, wieder in ihm auf. Der schlanke Junge, der sich gerade ausschüttete vor Lachen, weil Erik auf einer Schipiste einen kapitalen Stern riss. Den Rest der Urlaubswoche fiel er dann aus, so dick war sein Knie geschwollen.

Sesnar erinnerte sich, dass Coxlan stets vor den Gefahren der Blätter gewarnt hatte. Leider hatte er ihnen nicht gesagt, was gegen das Gift helfen würde. Er befahl den Soldaten, die fünf Lebenden in den Schafsaal zu bringen und sie in wärmende Decken zu wickeln. Er selbst eilte ins Dorf.

So inständig er auch bei den Inselbewohnern nachfragte, sie versicherten ihm stets glaubhaft, dass sie nicht wüssten, wo Coxlan sei und einem der Inselbewohner rutschte sogar der Satz heraus, Coxlan sei wohl von den Göttern gerufen worden. Der Mann erschrak sichtlich, als er sich bewusst wurde, was er gesagt hatte. Doch der Padre stand auf, legte ihm beruhigend die Hand auf die Schulter: »Vielleicht!«

Sesnar eilte zurück zur Kaserne, wo die fünf Kranken zwischenzeitlich in die Schlafräume verbracht worden waren. Er ordnete an, auch die noch am Boden liegenden Männer zuzudecken, da er nicht wisse, was ihnen fehle.

Am nächsten Morgen stand fest, dass alle, die noch auf dem Boden lagen, tot waren. In der Nacht waren auch zwei Soldaten, die in ihre Betten gebracht werden konnten, verstorben. Im Laufe des Tages verstarb der Dritte. Merron kam einen Tag später gegen Mittag zu sich, die beiden ›Offiziere‹, die die Feier überlebt hatten, wenige Stunden nach ihm. Sofort, als Sesnar hörte, dass Merron zu sich gekommen sei, stürzte er zu ihm und hielt ihm vor, dass er durch seine Rücksichtslosigkeit das Leben von achtzehn Soldaten zu verantworten habe. Merron starrte geistesabwesend zur Decke. Wütend verließ Sesnar den Raum.

Als der Abend hereinbrach, schien sich das Leben der Soldaten wieder normalisiert zu haben. Tags darauf suchte der Padre den Hauptmann auf, um nochmals mit ihm über die Gefahren der Coca-Blätter zu sprechen. Merrons Zimmer lag verlassen da. Sesnar trat aus der Kaserne, um Merron zu suchen, sah jedoch nur noch, wie sich der Hauptmann von einer Klippe in die tosende Kaskadenbucht stürzte.

Sesnar erschrak über sich selbst, dass er nicht entsetzt war. Zwar verurteilte er den Freitod Merrons aus christlicher Überzeugung, doch im tiefsten Inneren meldete sich der unchristliche Gedanke, dass der Tod Merrons kein Verlust für die Menschheit sei. Vielmehr könnte das Fehlen seiner verschlagenen und unberechenbaren Art das Zusammenleben auf der Insel erleichtern.

Er ging zurück zur Kaserne und hörte, wie die zwei Überlebenden der nächtlichen Orgie randalierten. Sie wurden von ihren Kameraden gewaltsam festgehalten und schrien mit wirrem Ausdruck im Gesicht, sie wollten neue Coca-Blätter. Sesnar ließ die beiden Männer bis auf weiteres in eine Zelle sperren.

Danach traf er sich mit den übrigen Soldaten in dem wieder hergerichteten Speisesaal. Ein Soldat sprach aus, was den anderen ins Gesicht geschrieben stand: »Was sollen wir jetzt tun?«

In den Gesichtern der Soldaten wechselte sich der Ausdruck der Erleichterung mit dem der Verzweiflung ab.

Zunächst erklärte Sesnar, dass die Beförderung der beiden Überlebenden zu Offizieren nicht wirksam sei, da Merron nicht befugt war, solche Beförderungen vorzunehmen. Dann klärte er die Männer darüber auf, dass sie voraussichtlich den Rest ihres Lebens auf der Insel verbleiben müssten. Das Wehklagen der Männer, dass sie ihre Familien, Frauen, Kinder, Eltern und Freunde nicht mehr würden sehen können, schmerzte Sesnar. Die Männer starrten ihn an, als erwarteten sie, dass er ein Schiff herbeizaubern könne, das sie in die Heimat brächte. Die Freuden der fleischlichen Lust hatte Sesnar selbst nie erlebt, dennoch konnte er den Soldaten nachempfinden, da er selbst den Kontakt zu seiner Familie und die anregenden Gespräche mit Freunden und Glaubensbrüdern vermisste. Auch musste er sich eingestehen, dass die Männer bestimmt vor geraumer Zeit für tot erklärt worden waren und die Frauen der Soldaten zum Teil sicher neue Ehen eingegangen waren oder eingehen würden. Er wog das Für und Wider seiner Überlegungen ab und wünschte sich nichts mehr als ausreichend Zeit zum Nachdenken. Aber wenn er in die Gesichter der Soldaten schaute, wusste er, dass er, um des Friedens auf dieser Insel willen, den Speisesaal nicht eher verlassen konnte, ehe er den Soldaten das Bild einer lebenswerten Zukunft vermittelt hatte.

Schließlich holte er tief Luft, faltete seine Hände und schaute flehend gen Himmel:

»Gott vergib mir, falls ich Unrechtes tue. Vergib auch diesen Männern, falls es Sünde ist, was sie tun, denn sie fragten mich um Rat.« Sesnar wandte seinen Blick von der Decke des Speisesaals und blickte nun die Soldaten direkt an.

»Es ist unser Schicksal, den Rest unseres Lebens auf dieser Insel fristen zu müssen. Wie ich von Gouverneur Calvez, Gott sei seiner Seele gnädig, weiß, behandelt der königliche Rat diese Insel als höchstes Geheimnis. Außer dem königlichen Rat wissen lediglich vier Kapitäne von der Lage dieser Insel. Kapitän Ronte fährt nunmehr unter französischer Flagge. Da wir schon seit über vier Jahren vergeblich auf ein Schiff warten, scheint es mir, dass den übrigen Kapitänen …«

Sesnar schaute in die schreckensstarren Gesichter der Soldaten und fuhr fort: »Ich glaube, niemand von uns wird bis zum letzten seiner Tage hier in der Kaserne leben wollen und dann sterben. Jeder bedarf neuer Freundschaften und neuer Kontakte. Der Herr hat mir auferlegt, auf die fleischlichen Freuden zu verzichten. Ohnehin ist ein Leben in Keuschheit und Besinnung auf den Glauben im Sinne Gottes. Doch sollte jemand von euch an dem Leben in Keuschheit so verzweifeln, dass er den Verstand zu verlieren glaubt, so möge er mich ansprechen. Es ist nicht der Wille Gottes, dass ein Mann, der das keusche Leben nicht ertragen kann, Frauen behelligt, die dies nicht wollen. Wenn es einer von euch daher wünscht, will ich ihn, sofern er eine Frau in Spanien zurückgelassen hat, von seinem

Ehegelübde entbinden, wenn er eine Frau dieser Insel zum Weibe nehmen und ihr treu sein will. Auch dann, wenn doch noch eine Karavelle erschiene!«

Jubel brach nicht aus, doch die Soldaten nahmen sich erleichtert in die Arme und schwärmten davon, nicht mehr stumpfsinnig in der Kaserne zu sitzen und abwarten zu müssen. Sesnar ermaß die Unsicherheit von Calvez, als dieser, nachdem General de Manoz die Insel verlassen hatte, Befehlshaber über dessen Truppen wurde. Ebenso überraschend wurde er nun selbst Hauptmann über die letzten verbliebenen einundzwanzig Soldaten.

Während der nächsten Tage beriet sich Sesnar mit den Inselältesten. Er war erfreut über die Gutmütigkeit und Hilfsbereitschaft der Inselbewohner, doch gleichzeitig erschrak er über deren Einfältigkeit. Seitdem er Coxlan kannte, bewunderte er dessen schnelle Auffassungsgabe, das umfassende Wissen, auch in medizinischen Belangen, und er verstand nicht, dass die einfachen Inselbewohner noch nicht mal lesen und schreiben konnten und durch die Priester von jeglichem Wissen ferngehalten wurden. Der Padre bedauerte, dass durch ihr Eingreifen das Wissen der Priester und somit auch das Wissen einer ganzen Kultur vernichtet worden war. Zugleich war er jedoch entsetzt, dass die einfachen Inselbewohner von den Priestern lediglich wie Sklaven gehalten worden waren. Bei dem Gedanken, die einfachen Menschen von der Sklaverei befreit zu haben, fühlte er sich, auch wegen der Ermordung der Priester, nicht mehr in diesem Maße schuldig. Er hatte erwartet, dass die Bewohner verärgert auf die Priester reagieren würden, die ihnen solch wertvolles Wissen vorenthalten hatten. Bald jedoch hatte er verstanden, dass die Bewohner auf dieses Wissen keinen Wert legten. Einmal fragte ihn ein Bauer, warum sein Sohn schreiben lernen sollte.

»Nun«, antwortete Sesnar, »er kann zum Beispiel einem Freund einen Brief schreiben.«

»Geht das nicht schneller, wenn mein Sohn zu diesem Freund läuft und es ihm sagt?«

Auf diese überwältigende Logik fiel Sesnar auch keine Antwort ein. Erst langsam verstand der Padre, dass die Inselbewohner mit ihrem Wissen auf die ganz spezielle Welt dieser Insel beschränkt waren. Alles, was sie ernteten und wussten, war das, was sie brauchten, um auf dieser Insel gut leben zu können. Lediglich die Priester befassten sich mit dem Erlernen solchen Wissens, welches über die Insel hinaus von Bedeutung war. Dennoch unterbanden die Inselbewohner Sesnars Bemühungen, den Kindern lesen und schreiben beizubringen, nicht. Die Zusammenführung der Soldaten in die Gemeinschaft der Inselbewohner gelang schneller, als es sich Sesnar erhofft hatte. Der Padre ordnete an, die Kaserne abzutragen und mit den gewonnenen Steinen Häuser am Rande des Ortes zu bauen. Aus einer Kanone schmiedeten die Soldaten einen Pflug und weiteres Werkzeug. Die Soldaten übernahmen immer mehr Arbeiten auf der Insel und ließen sich in die Pflege der Ranken und Büsche einweisen. Mit jedem Tag der Zusammenarbeit schwand ein wenig des gegenseitigen Misstrauens.

Die nächste Ernte fiel überraschenderweise deutlich besser aus als die in den beiden Jahren zuvor. Und zur Erleichterung aller stürzten zur nächsten Regenzeit wieder drei Wasserfälle in die Kaskadenbucht.

KAPITEL 3

Erik fiel auf, dass die Anmerkungen und Tagebucheinträge Sesnars stets unregelmäßiger wurden. Außer den geführten Kirchenbüchern las Erik nur noch, dass Sesnar trotz der guten Ernten darauf bestand, dass mit dem Schwarzpulver der Kanonen am Fuß des Berges Wasserauffangbecken in den Felsen gesprengt wurden. Sollten erneut Trockenperioden die Insel heimsuchen, musste das Wasser nicht von der Quelle mühsam herangeschafft werden. Das Wasser in den Becken sollte reichen, die Felder am Berg zu bewässern.

Erwähnenswert war nach Eriks Meinung auch die freudige Schilderung des Padre, dass es zu einer ersten Hochzeit eines Soldaten mit einer Inselbewohnerin gekommen war und die Braut tatsächlich dreizehn Monate später das erste Kind gebar. Antonio Chochas Ausbildung war so weit abgeschlossen, dass er mit Sesnars Segen das Priesteramt begleiten durfte.

Die glücklichen, unbeschwerten Jahre der fruchtbaren Böden und reichen Ernten währten jedoch nur acht Jahre. Dann rauschten die Wasserfälle ein letztes Mal. Nun erwiesen sich die in der Vergangenheit angelegten Zisternen am Fuß des Kaskadenberges als Segen. Zumindest die unteren Felder des Kaskadenberges ließen sich noch gut bewirtschaften und warfen reichliche Erträge ab. Doch Sesnar bedauerte, zusehen zu müssen, wie die zuvor sorgsam gepflegten Äcker im oberen Bereich unaufhaltsam verfielen.

Das Zusammenleben der Soldaten mit den Inselbewohnern war frei von Spannungen.

Aus den wenigen Einträgen des Padre war herauszulesen, dass er ohne Wehmut auf der Insel lebte. Immer seltener machte er sich Gedanken über seine Heimat. Kein Krieg, kein Morden, keine Seuchen, kein Hass, keine Gier, er fühlte sich glücklich und frei. Wie glücklich mussten solche Menschen sein, die Gefühle wie Hass und Gier nicht kannten, die gar nicht wussten, was Krieg ist. Bei solchen Überlegungen sehnte er sich nach dem Wissen der Inselpriester und es quälte ihn allein der Gedanke, dass er nichts von diesem Wissen erfahren würde.

Sesnar verbrachte immer weniger Zeit in der Kirche, schloss sich lieber den Bauern an. Je häufiger und länger er mit den Maktonenen zusammen arbeitete, umso mehr gewann er den Eindruck, dass seine Bekehrungsversuche gescheitert waren. Sein Verdacht wurde bestätigt, als ihm an seinem Geburtstag eine kleine Delegation einen weißen Wickelrock samt weißem Überwurf schenkte. Er dachte zurück.

In den ersten Monaten auf der Insel hätte er dieses Geschenk abgelehnt oder als Teufelswerk verbrannt. Doch nun lachte er, legte die Kleidung sorgfältig auf eine Bank und nahm jeden Überbringer in den Arm. Gab es ein deutlicheres Zeichen der göttlichen Güte, der Vergebung? Am Abend nahm er das Tagebuch des Admirals in die Hand und las von dessen Gesprächen mit dem Maktonatl über Gott. Immer wieder dachte er über die Anschauungen des Priesters nach.

»Calvez, du bist kein Lehrer deines Glaubens. Ich kann mir vorstellen, dass euer Glaube tiefgründiger ist, als du ihn mir mit den wenigen Worten geschildert hast. Und dennoch verstehe ich ihn nicht. Sieh dich um, ein Meer, reich an Fischen, köstliches Obst, herzhaftes Gemüse, fruchtbarer Boden. All dies hat uns, wenn ich dich richtig verstanden habe, dein Gott geschenkt. Dann gab er uns auch Lachen, Freude, die Fähigkeit zur Liebe, die Gabe zu heilen. Glaubst du wirklich, ein Gott, der die Menschen so liebt, dass er sie mit solchen Schätzen überhäuft, wolle einen Menschen bestrafen, nur, weil dieser den Namen deines Gottes nicht nennt? Glaubst du wirklich, dass dein Gott Menschen, die seine Gebote befolgen, bestraft, weil sie den Namen deines Gottes nicht nennen wollen? Nein, ich kann mir nicht vorstellen, dass ein Gott, der so großzügig und selbstlos handelt, zugleich so eitel ist, dass es ihm wichtig wäre, seinen Namen zu hören. Ich weigere mich zu glauben, dass einem solchen Gott der eigene Name wichtiger ist, als das Ziel, das er mit seinen Geboten vorgibt.« Damit endete die Ansprache des Maktonatls an Calvez.

Die Predigt, die Sesnar am darauffolgenden Sonntag in weißem Wickelrock und Überwurf hielt, schloss er mit den Worten: »Der Herr weist uns seltsame Wege, um sich uns zu offenbaren.«

Dann endete das Tagebuch des Padre Sesnar. Der nächste Eintrag von Antonio Cocha verriet, dass Padre Sesnar am 18. September 1519 friedlich entschlafen war. Erik blätterte die weiteren Seiten durch und stellte fest, dass sowohl Antonio Cocha, als auch nachfolgende Inselpfarrer, die immer von ihren Vorgängern ausgebildet wurden, nur noch das Kirchenbuch mit dem Verzeichnis der Geburten, Taufen, Eheschließungen und Sterbefälle führten.

Erik fand erstmals eine Anmerkung des Padre Angelo.

Leider gelang es mir nicht, das Schicksal aller vier Kapitäne, denen die Position der Kaskadeninsel bekannt war, aufzuklären. Kapitän Ronte verstarb 1524 in Brest, Kapitän Piraz sank mit seinem Schiff 1504 vor der südamerikanischen Küste, Kapitän Marquez wurde kein Schiff mehr anvertraut, er verstarb 1509 in Cádiz. Name und Schicksal des vierten Kapitäns sind nicht bekannt.

Im Jahre 1505 baten einige Familien und Bischof Caleros den königlichen Rat um Auskunft über das Schicksal von Hauptmann Merron, dessen Soldaten und Padre Sesnar. Erst im Jahr 1507 und nach mehrmaligem Drängen teilte der königliche Rat mit, die Männer seien verschollen. Eine Notiz, der königliche Rat wolle Kontakt zu Kapitän Ronte aufnehmen, lässt vermuten, dass der königliche Rat nicht mehr um die Position der Kaskadeninsel wusste.

Die Aufzeichnungen Sesnars, dass auch spanische Soldaten die kleine Höhle entdeckt, aber nichts Besonderes vorgefunden hatten, versetzte Erik einen Stich ins Herz. Er machte sich klar, dass diese Höhle sicher auch von den Archäologen eingehend untersucht worden war und dies keine nennenswerten Erkenntnisse gebracht hatte. Der Traum einer großen Entdeckung würde ihm also versagt bleiben. Doch Erik verdrängte die aufkommende Betrübnis und war dennoch fest entschlossen, die Höhle nochmals mit besserer Ausstattung zu besuchen. Immerhin war dies ein historischer Ort.

Erik schaute auf die Uhr und erschrak. Sein sorgsam ausgearbeiteter Zeitplan war völlig aus den Fugen geraten. Er hatte statt des vorgenommenen Wochenendes fünf Tage gelesen, kaum gegessen, den Träumen entgegengefiebert und mit der Körperpflege und dem regelmäßigen Sport geschludert. Mit schlechtem Gewissen eilte er ins Bad, rasierte sich und brach zu einer Wanderung auf. Abseits der Straße erklomm er den Regenberg, an dessen Hang seine Hütte stand. Schon bald kam er außer Atem, doch er stieg weiter nach oben und fühlte sich trotz der wachsenden Quälerei wohler. Der Puls pochte in seinen Schläfen, er konnte seinen Herzschlag hören, doch er hielt nicht an, bis er endlich den Gipfel erreicht hatte. Ihm war schlecht vor Anstrengung, aber er war stolz auf seine Leistung. Er genoss den Ausblick über das Meer und auf den am Fuß des Berges gelegenen kleinen Flughafen.

Bis zum Abend hatte sich Erik dutzende Gründe ausgedacht, die seine Beobachtung in der Höhle auf natürliche Weise erklären konnten. Doch sein Unterbewusstsein wollte den Überzeugungskünsten nicht folgen und als er eingeschlafen war, drängten sich wieder Träume von dem seltsam abfließenden Wasser, von Priestern und von einigen Zeremonien vor seine Augen. Auch die Gestalten in den Kutten waren wieder da, doch er spürte keine Bedrohung mehr durch sie.

Erik schlief unruhig und wälzte sich hin und her. Noch vor Sonnenaufgang war an Schlaf nicht mehr zu denken und er wusste, dass er nicht mehr zur Ruhe kommen würde, wenn er sich nicht Gewissheit darüber verschaffte, dass es in der Höhle tatsächlich nichts Bemerkenswertes zu entdecken gebe. Und immer wieder quälte ihn auch die Frage, wohin die Priester damals verschwunden waren. Alles, was er aus den Aufzeichnungen Calvez' und Sesnars erfahren hatte, ließ ihn nicht daran glauben, dass sich die Priester das Leben genommen haben könnten. Sie mussten sich irgendwo versteckt haben. Wo sollten sie also Unterschlupf gefunden haben, wenn nicht in der Höhle? Warum blieb Coxlan so lange bei den Spaniern ehe er ebenfalls plötzlich verschwand? Hätten sich Priester und Novizen tatsächlich gemeinsam das Leben genommen, hätte dies auch Coxlan tun müssen. Und jedes Mal, wenn Erik diese Gedanken wälzte, ergriff ihn ein tiefes Mitgefühl.

Die Archäologen hatten die Höhle untersucht und nichts gefunden. Er versuchte, sich die Arbeit der Archäologen vorzustellen. Wonach suchten sie? Fest stand, auf der Insel gab es weder Gold noch sonstige Schätze. Die einzigen, vielleicht bemerkenswerten Bauten der Tempelanlage waren vollständig zerstört. Die Schriften, von denen Padre Sesnar berichtete, waren gemeinsam mit Coxlan verschwunden. Außer den Schilderungen des Padre gab es keine weiteren Hinweise auf eine Schrift.

Aus Sicht eines Archäologen, der auf Kosten eines Instituts arbeitete und aufsehenerregende Erfolge vorweisen musste, war die Kaskadeninsel wissenschaftlich eher uninteressant. Die Motivation der Wissenschaftler dürfte nicht allzu groß gewesen sein, wenn sie ihre Ausgaben rechtfertigen mussten, ohne Fundstücke vorweisen zu können. Wenn sie so forschten, dann könnten sie auch das eine oder andere übersehen haben. Sicherlich wurden auch die Gesteinsbrocken in der Höhle nach etwaigen Fundstücken durchwühlt und, nachdem nichts gefunden wurde, der ganze Abraum wieder an seinen angestammten Platz zurückgebracht. Sicherlich forschten die Archäologen auch außerhalb der Regenzeit. Es machte wohl wenig Sinn, auf dem Plateau im nassen, schweren Boden nach geschichtsträchtigen Überbleibseln zu graben. Ebenso wäre der Aufstieg zum Tempelberg in der Regenzeit – sofern er Paco glauben durfte – mit einigen Risiken verbunden. Dann konnte den Forschern aber auch das seltsame Rinnsal in der Höhle nicht aufgefallen sein und sie folglich nicht wissen, dass das Regenwasser irgendwo in der Höhle abfloss. Er erinnerte sich an die Erzählungen des Padre Anselmo. Die Art und Weise, wie er die Tätigkeiten der Forscher beschrieb, ließ nicht darauf schließen, dass sie mit Übereifer an der Arbeit gewesen waren.

Erik packte seinen Rucksack: Taschenlampe, Ersatzbatterien, eine Isolierdecke, weil er befürchtete, dass er bei starkem Regen die Höhle nicht würde verlassen können, und zuletzt zwei ausziehbare Wanderstöcke aus Aluminium. Er hatte lange überlegt, ob er sie mit auf die Insel nehmen solle, denn er empfand es als albern, wenn er Leute mit solchen Wanderstöcken auf Asphaltstraßen laufen sah. Für das zum Teil steile und geschotterte Gelände am Tempelberg schienen ihm die Wanderstöcke jedoch durchaus hilfreich. Die Vorräte für die Wanderung wollte er sich auf dem Weg nach San Cristobal besorgen. Trotz seines wenigen Schlafs fühlte er sich innerlich gehetzt. Die Unruhe trieb ihn frühzeitig aus dem Haus. Er hatte Glück. Als er die Hütte verließ, machte der seit drei Tagen anhaltende Regen eine Pause und der leichte Muskelkater, den Erik von der gestrigen Wanderung verspürte, hatte sich bereits nach kurzer Zeit gelegt.

Er erreichte den Dorfladen kurz nach acht Uhr und stellte erleichtert fest, dass schon geöffnet war. Der Verkäufer schien noch halb schlaftrunken und blickte erschrocken auf den frühen Kunden. Er bediente Erik zügig und fragte lediglich der Höflichkeit halber, was Erik vorhabe. Dieser flüchtete sich in die Ausrede, er wolle die Zisternen besuchen und beobachten, wie sich das Wasser darin sammelt. Eine bessere Ausrede fiel ihm auf die Schnelle nicht ein.

Als er den Laden verließ, begann es wieder leicht zu regnen. Er zog sich eine Regenkappe über und schlug den Weg zum Tempelberg ein. Erik drehte sich nicht um, dennoch war er sich sicher, dass der

Verkäufer ihm nachschaute, bis er aus seinem Blickfeld verschwunden war.

Auf der ersten Terrasse des Tempelberges hielt er an und vergewisserte sich, dass ihm niemand gefolgt war. Er konnte sich selbst nicht erklären, warum er unbeobachtet sein wollte, es gab nichts zu verbergen und dennoch hatte ihn das Gefühl, etwas Geheimnisvolles zu tun, fest im Griff. Er stieg gleichmäßig und zügig bergan und achtete darauf, sich nicht zu viel vorzunehmen. Bald hatte er einen Schrittrhythmus gefunden und genoss den gleichmäßigen Bewegungsablauf, konzentrierte sich auf seine Schritte und war überrascht, als er nach einer ihm kurz erscheinenden Zeit auf der Terrasse unterhalb der Höhle stand.

Er vergewisserte sich nochmals ausgiebig, dass ihm niemand gefolgt war, ihn niemand beobachtete und bereitete sich dann darauf vor, mit Gepäck auf dem schmalen Felsvorsprung zur Höhle zu klettern. Die hinderlichen Wanderstöcke befestigte er an seinem Rucksack und begann, mit dem Bauch zum Felsen, mit seitlichen Schritten auf dem Felsvorsprung zur Höhle aufzusteigen. Der Regen war stärker geworden und er freute sich, als er endlich die Höhle erreichte und ins Trockene klettern konnte.

Die Investition in den teuren Regenanzug hatte sich gelohnt. Pullover und Hose waren trocken, lediglich sein Unterhemd war nassgeschwitzt. Noch ein letztes Mal lugte er vorsichtig aus der Höhle, stellte befriedigt fest, dass niemand zu sehen war, und zog die Taschenlampe aus dem Rucksack, um die Höhle richtig auszuleuchten.

Die Höhle sah nicht anders aus, als er sie von seinem letzten Besuch in Erinnerung hatte. Und wie er auch beim letzten Mal im Unterbewusstsein beobachtet hatte, floss das vom Wind hereingetriebene Regenwasser in einer Rinne nicht zum Ausgang, sondern zum Inneren der Höhle und verschwand dort im Geröll. Erik setzte sich hin, atmete tief durch und versuchte, seine Beobachtungen wissenschaftlich zu analysieren.

Da war zunächst der seltsame Umstand, dass die Höhle insgesamt sehr aufgeräumt wirkte und sich lediglich im Bereich der Ausdehnung angesammeltes Geröll befand. Weiterhin wunderte er sich darüber, dass trotz des vielen Regens der letzten Tage, der auch immer wieder in die Höhle getrieben wurde, sich im Bereich des Gerölls kein kleiner See gebildet hatte. Erik hatte hierfür nur eine Erklärung: Unter oder hinter dem Geröllhaufen musste es eine Abflussmöglichkeit für das Wasser geben.

Unsicher und mit zittrigen Händen begann er, die Gesteinsbrocken zur Seite zu schieben. Er unterbrach seine Arbeit immer wieder, um einen kurzen Blick aus der Höhle zu werfen. Schließlich hatte er das Geröll so weit zur Seite geschafft, dass die hintere Wand im Bereich des kurzen Stollens völlig freigelegt war. Das Wasser des Rinnsals floss tatsächlich auf diese Wand am Ende des kurzen Schachtes zu und verschwand. Noch war aber nicht zu erkennen, wie das Wasser abfloss. Weiterhin lagen kleine Brocken herum, die sich irgendwie verkantet hatten. Mit den bloßen Fingern und mit seinem Taschenmesser lockerte er Steinchen für Steinchen.

Erik lief ein eiskalter Schauer den Rücken hinunter. Er hatte einen Spalt am Boden freigelegt, etwa zwanzig Zentimeter breit und drei Zentimeter hoch und viel zu symmetrisch, als dass er natürlichen Ursprungs hätte sein können. Vorsichtig, als könne diesem Schlitz ein böser Geist entspringen, näherte sich Erik und leuchtete ihn an.

Je näher er kam, umso mehr hatte er den Eindruck, als könne er ein leichtes Plätschern vernehmen. Er richtete den Lichtstrahl in den Spalt, kauerte mit dem Kopf knapp über dem Boden und versuchte zu erkennen, ob hinter oder in der Vertiefung etwas Auffälliges war.

Er konnte jedoch nichts bemerken. Stattdessen erkannte er, gerade als er sich aufrichten wollte, dass sich links und rechts der Öffnung je ein feiner Riss am Boden abzeichnete.

Er nahm sein Taschenmesser und fuhr diesen entlang. Der Riss war größtenteils mit Staub und Schmutz verklebt, dennoch zog er sich um die gesamte rückwärtige Wand. Erik brauchte einige Zeit, bis sich in seinem Verstand die Gewissheit durchsetzte: Er hatte ein Tor vor sich. Ein Tor, das Menschen geschaffen hatten. Eriks Gedanken überschlugen sich. Was sollte er jetzt tun? Das Tor öffnen?

Aus archäologischer Sicht, das wusste er aus den vielen Büchern, die er gelesen hatte, war es seine Pflicht, nun Fachleute herbeizurufen. Doch was hätte er davon? Diese würden das Gelände sofort weiträumig absperren, auch ihm jeglichen Zugang untersagen und er würde allenfalls aus späterer Fachliteratur erfahren können, welche Geheimnisse sich hinter diesem – womöglich seit Jahrhunderten verschlossenen Durchgang – verbargen. Vielleicht würde in dem einen oder anderen Heft auf den »Freizeitarchäologen Erik von Wittgens« als Entdecker dieser Steinplatte verwiesen. Vielleicht bekäme er sogar ein kleines Denkmal gesetzt oder ein paar tausend Euro geschenkt. All dies schien es ihm jedoch nicht wert, seine jetzige Neugier und Anspannung aufzugeben.

Natürlich bestand die Gefahr, dass er wertvolle geschichtliche Spuren verwischte, doch das war ihm egal, denn ohne ihn wäre dieses Tor vielleicht auf alle Ewigkeiten unentdeckt geblieben. Sowohl Spanier als auch Archäologen hatten ihre Chance gehabt und diese vertan, sodass er es als sein gutes Recht ansah, auf eigene Faust weitere Nachforschungen anzustellen. Außerdem waren ihm in den letzten Monaten Arbeit, Familie und anderes genommen worden, sodass er diese Entdeckung nicht auch noch hergeben wollte.

Aber die Unsicherheit, was ihn hinter dem Tor erwarten könne, ließ ihn zögern. Er glaubte nicht an Drachen und Ungeheuer, doch er hatte von lebensgefährlichen Pilzen bei Ausgrabungen von Pyramiden gehört, die allerdings nur in luftdicht abgeschlossenen Räumen überlebt haben sollen. Für Erik stand fest, dass durch den kleinen Spalt zumindest ein regelmäßiger Luftaustausch stattfinden konnte. Er begann das seltsame, von Sesnar beschriebene Verschwinden der Priester mit dieser Höhle in Verbindung zu bringen. So erschien ihm bald die nächste Schreckensvorstellung, er könnte in einer Kammer mit angehäuften Gebeinen landen.

Nach langem Ringen war Erik entschlossen, auf eigene Faust zu erkunden, was sich hinter dieser Steinplatte verbarg. Zunächst versuchte er mit der flachen Hand in dem Spalt etwas zu ertasten. Er fühlte jedoch nichts als Wasser und feuchten Fels. Zentimeter um Zentimeter suchte er die feine Fuge nach irgendwelchen Ungewöhnlichkeiten ab, in der Hoffnung auf einen Zugang zu einem geheimnisvollen Schlosssystem. Vergebens. Er überprüfte Wände und Boden nach mystischen Symbolen, die ihm vielleicht einen Hinweis auf den Verschlussmechanismus des Tores hätten geben können, vergebens.

Erik fühlte seine alte Ungeduld hochkommen und verordnete sich eine Ruhepause, in der er zwei der geliebten Würste mit etwas Fladenbrot aß und einige Schlucke Wasser trank. Was war bloß los mit ihm? Noch vor zwei Jahren konnte er auf der höchsten Leiter stehen und Äste absägen, doch nun hatte er Angst. Früher baute er Häuschen für Finns Modelleisenbahn, reparierte kleine Elektroteile, neuerdings zitterte er, wenn ähnliche Arbeiten anstanden. In der Vergangenheit plante er seine Schritte, wog jede Entscheidung sorgfältig ab. Warum in aller Welt ging er in den letzten Tagen planlos und unkontrolliert vor? Wieso häuften sich seine Stimmungsschwankungen?

Erik hatte sich geändert und er versuchte, diese Veränderung zu verstehen, eine Erklärung zu finden. Hatte er Angst, einen Fehler zu machen, eine neue schlechte Nachricht zu empfangen? Erneut überkam ihn das Gefühl, als zöge sich seine Brust zusammen. Gleichzeitig fühlte er diese neue Kraft in sich, den Erik, der er früher einmal gewesen war und der wieder in ihm erwachte. Der neugierige, abenteuerlustige Erik, der etwas bewegen wollte. Der Erik, der glücklich war … und wieder sah er Finn vor sich, der die Ärmchen nach ihm ausstreckte, wenn Erik abends von der Arbeit kam, der sich von ihm vorlesen lassen wollte vorm Schlafengehen. Ihn um einen letzten Schluck Wasser bat, ehe er sich in die Decke kuschelte. Ach Finn …

Energisch schüttelte er seine Gedanken ab und versuchte sich auf seine Forschungsarbeit zu konzentrieren. Er leuchtete mit der Taschenlampe erneut die Höhle gründlich ab. Nichts, keine Zeichen, keine Spuren, keine Auffälligkeiten. Was hatte er denn erwartet? Wenn sich die Priester tatsächlich hinter dem Tor versteckt hatten, dann waren sie sicherlich nicht so dumm gewesen, den Spaniern eine Anleitung zum Öffnen des Tores zu hinterlassen. Er kroch zurück in den Stollen, griff mit den Fingerspitzen in die Aussparung, und versuchte das Tor nach oben zu schieben. Nichts tat sich. Nochmals zerrte er daran, rutschte mit den Fingern ab und schrammte sich die Fingerkuppen auf. Fluchend schlug er mit der Faust gegen die Wand. Der Schmerz brachte ihn wieder zur Besinnung. Da er im Stollen immer in dem Rinnsal hatte knien müssen, war die Hose komplett vollgesogen. Sie klebte an seinen Beinen und er konnte sich kaum bewegen. Er krabbelte aus dem Stollen, versuchte, sich in der Höhle etwas zu strecken und zog sich schließlich die Hose aus. Die Beine in ein Handtuch gewickelt, wartete Erik auf eine Eingebung.

Er angelte nach einem der Wanderstöcke und schob mit ihm lose Steine hin und her, dachte, wenn man den Gummifuß von dem Stock abzöge, müsste man gut in dem kleinen Loch herumstochern können.

Aber was sollte dabei herauskommen? Mit dem Handtuch um die Beine war es so gemütlich, warum dann aufstehen? Schließlich überwand er sich, zog die dünne, kalte Regenhose an und kroch wieder in den Stollen. Dort mühte er sich ab, den Gummifuß vom Wanderstock zu ziehen. Endlich war der Stab einsatzbereit. Vorsichtig führte ihn Erik in die Aussparung. Doch schon nach dreißig Zentimetern stieß der Stock an. Er drückte, klopfte, versuchte in die Winkel zu gelangen, doch es rührte sich nichts und er konnte noch nicht einmal Auffälligkeiten feststellen. Er rüttelte mit dem Stab hin und her und plötzlich schien sich etwas zu bewegen. Vorsichtig setzte er mit seinem Werkzeug in der rechten Ecke des Spaltes an und schob dann kräftig nach links. Nein, diesmal war es nicht das Geräusch von Aluminium auf Stein sondern Stein auf Stein.

Sein Rücken schmerzte, ohne eine Pause ging nichts mehr. Zurück in der Höhle brauchte Erik einige Zeit, um sich aufzurichten. Dehnübungen brachten schließlich Linderung. Schweiß tropfte von seiner Stirn und kaum mit dem Handtuch weggewischt, schoss neuer Schweiß nach. Hände und Arme zitterten teils vor Anstrengung, teils vor Aufregung. In welche Richtung musste geschoben werden, wie lange würde es wohl dauern, bis sich das Tor öffnete? Der Puls hämmerte in seinen Schläfen, er hielt sich die Hände vor den Mund, atmete mehrmals tief durch, um sich zu beruhigen.

Es war Zeit weiterzuarbeiten. Er zählte nicht, wie oft er mit seinem Wanderstab das steinerne Hindernis nach links schob. Aber plötzlich gab es kein Hindernis mehr. Bis zum Griff verschwand der Stock in dem Spalt. Doch nichts geschah. Er zerrte an dem vermeintlichen

Tor, schlug dagegen, doch der Stein rührte sich nicht. Missmutig versuchte er, mit dem Stab den entdeckten Hohlraum abzutasten.

Ein metallisches Klicken, doch noch immer regte sich nichts. Wieder zerrte er an seinem Wanderstock und erschrak, als sich die Wand mit einem dumpfen Fauchen leicht anhob.

Er zog heftiger an dem Alustab und die Wand schob sich weiter nach oben. Erik war so verwundert, dass sich die massive Felswand so leicht nach oben schieben ließ, dass ihm der Stab aus der Hand fiel. Fast bedächtig senkte sich das Tor. Schnell ergriff er den Wanderstab, um zu verhindern, dass es völlig zufiel, hob das Tor bis in Kniehöhe an und verkeilte den Stock. Schnell kroch er aus dem Schacht. Seine Ohren rauschten, sein Puls hämmerte, sein Kreislauf streikte, hunderte Glühwürmchen schienen in der Höhle umherzuschwirren. Er schloss seine Augen, aber das Lichterspiel blieb.

»Ganz ruhig!«

Erik riss erschrocken seine Augen auf, schaute sich um, aber er war alleine. Seine eigene Stimme war ihm fremd. Tatsächlich, er hechelte nach Luft. Nur langsam gelang es ihm, sich zu beruhigen, die Glühwürmchen verschwanden und das Trommeln des Pulses in den Ohren ließ nach.

»Denk in Ruhe nach, denke!«

Er hatte sich bemüht, extra deutlich und aufmunternd zu sich zu sprechen, aber die brüchige, unnatürlich hohe Stimme, die er nun hörte, ängstigte ihn. Die Leere im Hirn schwand und langsam gelang es, aus losen Gedankenfetzen Überlegungen zusammenzusetzen.

KAPITEL 4

Was verbarg sich hinter der Felswand? Was würde ihn erwarten? Gebeine toter Priester und Novizen? Ein noch lebender Priester?

Er mahnte sich zur Vernunft. Außer Ungeziefer lebte hinter der Wand nichts und sicherlich bauten die Priester nicht Ewigkeiten an einem geheimen Raum, um dahinter zu sterben. Statuen und Götzenbilder, sicher auch Gebeine von Toten, aber es musste mehr da sein. Seine Beine zitterten und er setzte sich, starrte auf das Felsentor. Er atmete in seine Hände, um sich zu beruhigen, seinen Herzschlag glaubte er noch in den Knien zu spüren. Er wartete, ließ die kleine Öffnung nicht aus den Augen.

Dieses Tor und der Raum dahinter mussten etwas mit dem geheimnisvollen Verschwinden der Inselpriester zu tun haben. Auf allen vieren kroch er zu der Öffnung und lugte vorsichtig und misstrauisch hinein.

Was er sah, enttäuschte ihn. Vor ihm öffnete sich lediglich eine grob behauene, etwa zwei Mann hohe und ebenso breite und tiefe Kammer. Kein Gold, keine Götzenbilder. Was war das? Der Raum war mit Sicherheit als Versteck für Priester und Novizen zu klein.

Warum aber der Aufwand dieses Tores? Er tastete im Rucksack nach seiner Taschenlampe. Vorsichtig begann er die Kammer auszuleuchten und entdeckte im gebündelten Licht der Lampe den niedrigen und schmalen Schacht am Ende der Kammer.

Einige Minuten leuchtete er nur in den schmalen Stollen, wartete ab, doch nichts geschah. Es hätte ihn beruhigen sollen, aber er hätte sich gewünscht, eine Stimme zu hören, die ihn freundlich eingeladen hätte, einzutreten. Er hob die Felswand bis zum Anschlag nach oben und klemmte sie mit seinem zweiten Wanderstab fest.

Vorsichtig lugte er hinter die Felswand, um den Mechanismus des Tors zu erforschen. Zwei große Felsblöcke waren auf schweren Metallankern gelagert und bildeten das Gegengewicht zu dem steinernen Portal. Die Konstruktion erinnerte an eine klassische Pendelwaage.

Das Verschlusssystem bestand lediglich aus einem einfachen Haken am Boden und einer Öse in dem Felsentor. Er erkannte eine Furche zwischen Haken und Tor und einen Steinquader, den er wohl zuvor mit dem Wanderstab beiseitegeschoben hatte. Würde der Stein wieder an seinen Platz gerückt, befände er sich genau zwischen dem Durchgriff im Felsentor und der Befestigung.

Vorsichtig nahm er den stützenden Wanderstab weg und ließ die Felswand wieder zu Boden sinken. Dann hob er sie wieder an und war froh, dass die Innenverriegelung nicht automatisch zurückgeschnappt war.

Es begann zu dunkeln, trotzdem wollte Erik seine Nachforschungen noch nicht einstellen. Er wechselte die Batterie der schwächer werdenden Taschenlampe und bewaffnete sich höchst vorsorglich mit seinem Taschenmesser. Der Durchgang unter dem Felsentor war hüfthoch. Noch zögerte er, sich durchzuzwängen. Das Metall, auf dem die Gegengewichte ruhten, war alt. Wenn sie wegen rostiger

Auflagen oder einem sonstigen Grund abfielen, würde das Felsentor zufallen. Dann wäre er gefangen und hätte keine Chance, den schweren Brocken zu bewegen.

Er krabbelte zurück in die Höhle, sammelte zwei große Steine auf und legte sie auf den Boden unter das Tor. So verhinderte er, dass es sich im Ernstfall ganz schloss.

Bei einer Suche – und Erik war sich angesichts der Neugier Pacos und des Kaufmannes sicher, dass nach ihm gesucht werden würde – sähe jeder das Tor.

Dann können sie mich befreien, wenn ich schon verhungert und verdurstet bin, dachte er sich.

Er stieg zurück zu seinem Rucksack, griff sich eine Flasche Wasser, Würste und Fladenbrot und schob sie hinter den Durchlass. Schließlich überkam ihn die Angst, der Fels könnte herabstürzen, während er unter ihm lag. Der Schweiß schoss ihm aus den Poren, sein Puls hämmerte.

Er atmete tief durch, nahm allen Mut zusammen und kroch auf Händen und Füßen in die Vorhalle. Erik versuchte, ein einfaches »Hallo« zu rufen, aber seine Stimme versagte ihren Dienst. Sein Mund war trocken und an dem unruhigen Licht der Taschenlampe erkannte er sein Zittern. Vorsichtig kroch er in Richtung des kleinen Stollens. Er leuchtete in den mannshohen schmalen Schacht. Außer grob behauenen Felswänden war nichts zu erkennen. Doch schien es Erik in dem dürftigen Licht der Taschenlampe, dass der Schacht bereits nach wenigen Schritten endete.

Behutsam, fast ängstlich, stieg er in den Stollen. Er atmete schnell, empfand in dem engen Gang Platzangst. Der Felsboden war glitschig, die Luft feucht und stickig und von irgendwoher glaubte er ein leichtes Plätschern zu hören. Er war perplex, bereits nach drei Schritten endete der schmale Abstieg und mündete in einen deutlich höheren und etwas breiteren Querstollen. Er konnte nun aufrecht stehen, hatte sogar etwas Platz zur Stollendecke. Wand und Decke des Schachtes waren deutlich feiner behauen und zur linken Seite führten Stufen abwärts, zur rechten Seite Stufen aufwärts.

Er ärgerte sich über seine altmodische Taschenlampe. Diese mochte zwar sehr weit leuchten können, jedoch war der Strahl so gebündelt, dass er nicht ausreichte, den Gang vollständig zu erleuchten. Dennoch war er so neugierig, dass er dem Stollen nach links folgte.

Abrupt endete der Schacht und vor ihm öffnete sich ein großer Raum. Er schaute nach unten. Vor ihm lag ein knapp einen Meter breiter Steinsteg, der als Brücke über ein gefülltes Wasserbecken führte. Er versuchte im Schein der Taschenlampe das Maß des Beckens zu schätzen, doch die Konstruktion erschien ihm so verwirrend, dass er sich nicht in der Lage sah, die Details, die er wahrnahm, zu einem Ganzen zusammenzusetzen. Er schaute auf seine Uhr, es war inzwischen elf Uhr nachts, er war erschöpft und konnte nicht weiterarbeiten unter den Bedingungen. Er brauchte mehr Licht. Obwohl er nur einen kleinen Raum gesehen hatte, war er sich sicher, dass er kein menschliches Leben in den Stollen antreffen würde. Nun stieg er nach oben und fühlte sich wohler, als das Felsentor hinter ihm verschlossen war.

Bei dem anhaltenden Regen und der Dunkelheit schien es zu gefährlich, den Abstieg ins Tal zu wagen. So suchte er sich einen trockenen Platz in der Höhle, möglichst weit entfernt von dem geheimnisvollen Durchlass, hüllte sich in seine Thermodecke und war entschlossen, die Nacht bis zum Morgengrauen zu wachen. Eine Ahnung, dass er dem Geheimnis um die blühenden Terrassen des Kaskadenberges auf der Spur war, durchströmte ihn.

Er fiel in einen traumlosen Schlaf und erst als fortschreitendes Morgendämmern die Höhle erleuchtete, wurde er wach. Sein Blick ruhte lange Zeit auf dem Felsentor, bevor er aufstand und es vorsichtig anhob. Also doch kein Traum. Die Wanderung und die Anstrengungen vom Vortag glaubte er in jedem Knochen seines Körpers zu spüren.

Dennoch war Erik gut gelaunt und entspannt. Er war geradezu in Hochstimmung; das erste Mal, seit Finn – nein, er wollte das nun nicht vertiefen. Sein Magen knurrte und er stopfte sich drei Würstchen und zwei Fladenbrote in den Bauch. Lächelnd musste er sich eingestehen, dass seine Vorräte nicht lang halten würden, sollte er längere Zeit einen solchen Appetit verspüren. Bevor er ins Tal zurückkehren würde, um sich eine bessere Taschenlampe zu kaufen, war er entschlossen, noch einen Blick in den Schacht zu wagen. Das Gangsystem war nun matt erleuchtet.

Er betrat die Halle mit den Wasserbecken. Etwa einen halben Meter oberhalb des Beckens verlief ein ebenso langes, aber schmaleres Becken, durch das Licht einfiel. Dieses Licht war nur blass und fahl, dennoch reichte es aus, um die Halle zumindest schemenhaft auszuleuchten. Doch so sehr sich Erik auch reckte und streckte – er konnte die Lichtquelle nicht lokalisieren, glaubte lediglich, dass das Licht durch einige Löcher in der Felswand schien.

Langsam hatten sich seine Augen an das fahle Licht gewöhnt. Gleich am Anfang der Halle entdeckte er auf der linken Seite einen Hebel aus Metall, der mit einem Gestänge verbunden war, welches zur Felswand auf der linken Längsseite des Beckens führte und ein weiteres Gestänge bediente, das sich an der Felswand entlang zog. Erik versuchte sich zu orientieren. Wenn ihn sein Richtungssinn nicht gänzlich narrte, musste sich jenseits der Felswand, zu der das Gestänge führte, eine der früher bewirtschafteten Terrassen befinden.

Vorsichtig, aus Angst, dieses Metall könnte wegen Rostes schnell zerbrechen, fasste er den Hebel an. Doch das Metall war glatt und er konnte keine Spur von Rost erkennen. Er versuchte den Hebel zu bewegen und es gelang ihm, den Griff leicht nach unten zu drücken.

Plötzlich begann das Wasser des Beckens unruhig zu werden und er sah deutlich, dass sich wie von Geisterhand das Gestänge an der Felswand bewegte und Scheiben von der Größe einer Hand in das Wasser senkte. Sie legten kleine Öffnungen frei, durch die nun Wasser einströmte. Er schaute sich um und sah in der Verlängerung der schmalen Brücke einen weiteren Schacht, aus dem hörbar Plätschern drang. Am Anfang dieses Schachtes waren, ebenfalls auf der linken Seite, zwei weitere Hebel angebracht.

Er balancierte in dem trüben Licht vorsichtig auf dem steinernen Steg, um sich die dortige Anlage genauer anzuschauen. Auch diese Hebel bewegten jeweils ein Gestänge, welche jedoch direkt ins Wasser führten. Er entdeckte weiterhin am oberen Rand des Beckens ein großes Loch, und es schien ein Überlauf für das Becken zu sein. Die Hebel ließen sich gleichfalls leicht bedienen und als er an ihnen zog, drang aus dem anschließenden Durchgang lautes Rauschen.

Kurz entschlossen folgte er den abwärts führenden Stufen in diesem Gang, der nach Eriks Ansicht keine Unterschiede zum vorherigen Durchgang aufwies. Bereits nach wenigen Metern öffnete sich der Stollen erneut in einen größeren Raum, der dem zuvor gesehenen glich.

Auch das dortige Becken war randvoll. Aus einem Zulauf ergoss sich Wasser in das Becken. Doch er konnte zunächst nicht erkennen, was der zweite zuletzt bewegte Hebel bewirkt haben könnte. Auch in diesem Raum schien fahles Licht aus jeder seltsamen Wanne, die oberhalb des großen Beckens angebracht war. Er fuhr zusammen, als plötzlich von dort Wasser überschwappte und sich in das Becken ergoss.

Lediglich eine diffuse Ahnung, die er noch nicht einmal greifen konnte, sagte ihm, dass er es hier mit einem ausgeklügelten Bewässerungssystem zu tun hatte. Doch wie dies funktionierte, war ihm in seiner Ganzheit noch nicht begreiflich. Er eilte zurück und brachte die Hebel, die er zuvor bewegt hatte, in ihre ursprüngliche Position. Er war fahrig und versuchte, sich auf das zu konzentrieren, was er als Nächstes tun sollte. Sollte er zunächst das gesamte System erkunden oder war es vielleicht besser, erst einmal das, was er gesehen hatte, zu verstehen? Erik ging zurück zur Höhle und atmete tief durch.

Erneut kam ihm der Gedanke, dass er seine Entdeckung melden müsse. Wissenschaftler waren sicherlich besser in der Lage festzustellen, wann sie erbaut wurde, und sie unter Beachtung des Denkmalschutzes zu pflegen. Immerhin hatte er entdeckt, was sich hinter der Wand verbarg. Allerdings billigte er sich zu, dass er bisher lediglich einen kleinen Ausschnitt kennengelernt hatte und nicht wusste, wie groß das System insgesamt war und ob es noch weitere Räumlichkeiten gab. Also entschloss er sich, frühestens dann seine Entdeckung preiszugeben, wenn er selbst alles gesehen hatte.

Angesichts dieses Vorhabens schien es ihm zu gefährlich, seine Habseligkeiten offen in der Höhle herumliegen zu lassen und das Tor geöffnet zu halten. Allerdings scheute er sich noch davor, seine Sachen in den Schacht zu räumen und das Portal zu verschließen. Er befürchtete nach wie vor, es könne ein Unglück geschehen und der Eingang sich nicht mehr öffnen lassen.

Vorsichtig hob er den Felsen an, verkeilte ihn mit seinem Wanderstock, legte dann die Steine des Vorabends erneut unter das Tor und kroch in den Vorraum. Mit seiner Taschenlampe leuchtete er die Widerlager des Einlasses ab. Er konnte keine Spur von Rost entdecken. Mit zittriger Hand berührte Erik vorsichtig das Metall. Es geschah nichts. Er griff das Widerlager, rüttelte vorsichtig, dann mutiger und zuletzt mit aller Kraft, doch es rührte sich nichts. Wohlige Erleichterung ergriff ihn. Auch die Gefahr eines geheimnisvollen Verschlusssystems, wie er es aus verschiedenen Abenteuerfilmen kannte, war ausgeschlossen.

Zufrieden trug er seinen Rucksack und seine Decke in die Kammer, schob einige Kiesel so vor das Tor, das es sich einwandfrei öffnen und schließen ließ, jedoch das Zugangssystem nicht erkannt werden konnte. Er warf einen kurzen Blick zur Höhle hinaus, stellte fest, dass der Regen etwas nachgelassen hatte und verband damit die Hoffnung, dass er bei trockenem Wetter auch noch einmal von außen nach Auffälligkeiten suchen könnte. Dann begab er sich in das Tunnelsystem, ließ die Felswand herunter, suchte Block, Stift, Kompass und ein Rollenmetermaß aus dem Rucksack und machte sich wieder auf den Weg zu der ersten ihm bekannten Halle.

Er vermaß Länge, Breite und Höhe des grob behauenen Stollens, sodann ebenfalls Länge, Breite und Höhe des Abgangs zur ersten Halle. Er vermaß jede Treppenstufe und notierte alles sorgfältig. Er errechnete den Höhenunterschied von der Höhle zur ersten Halle und hielt auch diesen fest. Mit dem Kompass ermittelte er die Ausrichtung des Raumes und begann auch diesen zu vermessen.

Erik maß die Größe des Wasserbeckens, den Höhenabstand zwischen der oberen Rinne und dem Wasserbecken, die Breite und Länge des steinigen Überweges und versuchte schließlich, die Tiefe des Beckens zu bestimmen. Dies gestaltete sich schwierig. Offensichtlich war der Boden verschlammt und ließ keine verlässliche Messung zu. Er ging zurück, holte den zweiten Wanderstock und stocherte schließlich so lange in den Becken, bis er auf Widerstand stieß. Hieraus ermaß er eine Beckentiefe von nahezu einem Meter sechzig. Die schmalen Wannen oberhalb des Beckens lagen circa siebzig Zentimeter über dem Wasserspiegel. Den Tunnel von einer Halle zur nächsten hatte er auf einen Höhenunterschied von ungefähr drei Meter berechnet, sodass vom Fuß des ersten Beckens noch ein ausreichendes Gefälle gegeben war, damit Wasser von einem Hauptbecken in die schmale Wanne des nächst tiefergelegenen Raumes einlaufen konnte. Vorsichtig balancierte er auf einem kleinen Rand, der das große Becken zu den Wänden hin umgab, um sich die Wanne oberhalb des Beckens anzusehen. Durch die Löcher in der Wanne, die er bereits zuvor erkannt hatte, strömten frische Luft und fahles Licht ein. Sie mussten also oberhalb der Erdoberfläche liegen und außen zu erkennen sein.

Er begab sich in die nächste Höhle und begann auch diese zu vermessen, wobei die genommenen Maße mit denen der ersten Höhle nahezu komplett übereinstimmten. Er stieg hinab zur dritten Höhle, schaute sich alles genau an, unterließ jedoch diesmal das Nachmessen, da sie von der Anordnung und den Ausmaßen den zwei zuvor gesehenen glich. Einziger auffälliger Unterschied war, dass die – von Erik als Überlaufstutzen gedeuteten – Verbindungsrohre zwischen den Becken größer wurden, je weiter er sich bergab begab. Das exakte Ausmessen sollten zu gegebenem Zeitpunkt andere übernehmen.

Erik stieg weiter zur nächsten Halle und stellte erstaunt fest, dass diesmal das Becken nur noch leicht gefüllt war. In der darauffolgenden Halle war das Becken gänzlich leer. Lediglich etwas eingetrockneter Schlamm bedeckte den Boden. Er stieg in das Becken und untersuchte das Verschlusssystem, das den Zufluss des Wassers von außen regelte, genauer. Es erstaunte ihn sehr, dass dieses nahezu völlig dicht abschloss. Lediglich hin und wieder fiel ein Tropfen aus einem der verschlossenen Zuflüsse. Erstmals konnte er auch zwei Abflüsse am Boden des Beckens sehen. Sie lagen in Richtung des nächst niedrigeren Beckens. Beide Abflüsse waren verschlossen und konnten mit Hebeln bedient werden, die am Abgang zur nächsten Höhle lagen. Der der Außenseite zugewandte Abfluss hatte einen deutlich kleineren Durchmesser und versorgte das schmale Becken der nächst tieferen Höhle mit Wasser. Der Ablauf in der Mitte des Beckens war deutlich größer. Erik rätselte über den Sinn der zweiten Röhre. Unwillkürlich schlug er sich mit der flachen Hand gegen die Stirn. Natürlich, der Schlamm, der sich im Laufe eines Jahres in den Becken sammelte, musste weggespült werden. Mit dem ersten einsetzenden Regen musste lediglich in den oberen Becken Wasser gesammelt, dann die großen Abflüsse geöffnet werden. Die hinabfließenden Wassermassen rissen Schlamm und sonstige Ablagerungen mit sich.

Er kletterte aus dem Becken, bediente, um seine Theorie bestätigt zu sehen, die beiden Hebel neben dem Abstieg und war zufrieden, dass seine Annahme zutraf. Er stieg weiter und weiter nach unten, es reihte sich Wasserbecken an Wasserbecken, mittlerweile sämtlich ausgetrocknet, doch plötzlich erreichte er eine letzte, viel kleinere Halle und fuhr erschrocken zusammen.

Dieser Raum schien ihm nahezu hell erleuchtet und als er aus dem Schacht hinaustrat, blickte er geradeaus auf drei Schächte, durch die das Tageslicht schien. Die Schächte waren in Bodenhöhe eines ausgewaschenen Beckens in den Felsen geschlagen und Erik wusste sofort, dass dies der Ursprung der vor langer Zeit verschwundenen Kaskaden war.

Ehrfürchtig stieg er behutsam in das ausgewaschene Becken, legte sich vor einem der Schächte auf den Boden und blickte hindurch. Die Schächte waren ungefähr fünfzig Zentimeter hoch und achtzig

Zentimeter breit und er konnte, obwohl die Schächte mit Sicherheit fünf Meter tief waren, die Spitze der gegenüber der Kaskadenbucht herausragenden Landzunge erkennen.

Sein Herz überschlug sich vor Freude. Er, Erik, hatte das Geheimnis der alten Priester entdeckt, das weder die Spanier noch die hoch technisierten Archäologen gelüftet hatten! Während er immer noch auf dem Boden lag und hinausschaute, versuchte er, sich bewusst zu werden, was er entdeckt hatte.

Allein die gewaltigen Ausmaße dieses Bauwerkes – und auch die Abraumarbeiten musste man wohl als Bauwerk bezeichnen – erschreckten Erik. Er begann zu rechnen. Die Hallen mit den Wasserbecken waren circa zwei Meter hoch. Hinzu kam die Tiefe des Wasserbeckens von circa einem Meter sechzig. Die Hallen waren alle ziemlich genau acht Meter lang und vier Meter breit und von seinem Einstieg in das System von der Höhle aus hatte er bis hinab zu den Kaskadenausgängen siebenundachtzig solcher Wasserkammern gezählt. Rechnete man noch die Durchgänge von Wasserkammer zu Wasserkammer hinzu und die Räume, die oberhalb der Höhle lagen, so mussten weit über zehntausend Quadratmeter Fels herausgeschlagen und bearbeitet worden sein, nahezu so viel Gestein, wie zum Bau einer Pyramide notwendig war.

Kein Wunder, dass Admiral Calvez tausende gut behauene Felsquader zum Bau der Kaserne vorgefunden hatte. Als sich Erik die Zahlen vor Augen führte, wurde er sich seiner ungeheuerlichen Entdeckung noch mehr bewusst. Fasziniertes Erstaunen plagte ihn, als er sich fragte, mit welchen Werkzeugen über wie viele Jahre hinweg wie viele Menschen dieses Werk erschaffen hatten.

Er schrak auf. Während all seiner Überlegungen und Träumereien hatte er fast nicht bemerkt, dass es zu dunkeln begann. Auch wenn er in dem Höhlensystem mittlerweile keine Furcht mehr empfand, so war ihm doch unwohl bei dem Gedanken, an der tiefsten Stelle übernachten zu müssen. Eilig lief er Stufen und Steinbrücken bergauf und erreichte schließlich nur noch im Licht der Taschenlampe seinen Rucksack und den grob behauenen Stollen.

Vorsichtig hob er die Steinwand an und war abermals erleichtert, als sie sich ohne Probleme öffnen ließ. Er kletterte in die Höhle und atmete tief durch. Erst als er die frische Luft tief in seine Lungen sog, wurde ihm bewusst, wie stickig und schlecht die Luft in dem Brunnensystem war. Er zog daher vor, doch wieder in der Höhle zu übernachten. Rasch bereitete er sein Lager vor und schlief auch sofort ein.

Als er am nächsten Morgen wach wurde, war er verwundert, dass er traumlos geschlafen hatte. Er fühlte sich matt, fror leicht und erinnerte sich, dass er seine letzte Mahlzeit am Morgen des vorhergehenden Tages zu sich genommen hatte. Gierig machte er sich über seine letzten Würste und die Reste des Fladenbrotes her und fühlte sich danach ein wenig besser.

Selbstverständlich drängte es ihn, die Gänge hinter der Felswand weiter zu erforschen, doch er zwang sich zur Selbstdisziplin. Zunächst benötigte er weitere Vorräte und insbesondere würde er auf die Dauer nicht stets auf dem kalten Felsboden, nur bedeckt mit der Thermodecke schlafen können. Er leerte seinen Rucksack, verstaute den Inhalt hinter dem Felsentor und machte sich schweren Herzens auf den Weg ins Tal.

KAPITEL 5

och bevor er den Ort erreichte, schlug sich Erik in die Plantagen, damit niemand in San Cristobal ihn in diesem verschmutzten und unrasierten Zustand entdecken konnte. Es regnete nur leicht und er hatte daher auch seine Regenkleidung in dem Zugangsstollen zurückgelassen. Aber die Dauer der Wanderung genügte, dass er bis auf die Haut durchnässt war, als er schließlich sein Ferienhäuschen erreichte. Er genoss die heiße Dusche und nachdem er sich rasiert hatte, glaubte er, seine Entdeckung nüchterner betrachten zu können.

Der fieberhafte Wahn, der ihn so lange beherrscht hatte, fiel ein wenig von ihm ab. Es begann stärker zu regnen und Erik hielt es nicht für sinnvoll, bei diesem Wetter nochmals den Weg zur Höhle auf sich zu nehmen. In der Höhle hatte er alles sorgfältig versteckt und weggeräumt, was auf seinen Aufenthalt oder auf das Steintor hätte schließen können. Er musste sich daher keine Sorgen machen und konzentrierte sich stattdessen vermehrt darauf, was er für seine Expedition zur Höhle zusätzlich einpacken musste.

In seinem Rucksack verstaute er daher zwei dicke Wolldecken aus dem Bestand des Ferienhauses, die er als Unterlage zum Schlafen nutzen wollte, er sammelte sämtliche geladenen Akkus ein, steckte die verbrauchten Akkus in das Ladegerät, packte Ersatzkleidung,

Rasierzeug und seine Waschsachen samt Handtüchern ein. Wenn er, was er vorhatte, auch bei der nächsten Expedition einige Tage in dem Höhlensystem verbleiben wollte, gab es keinen Grund, ungewaschen, unrasiert und mit ungeputzten Zähnen zu arbeiten. Am Abend verzehrte er die Vorräte – eine Wurst und etwas Käse – aus seinem Kühlschrank, und zwischendurch übertrug er seine Notizen, die er im Halbdunkel der Höhle gemacht hatte, auf ein neues Blatt.

Das Bett war verführerisch weich und durch die Anstrengung der letzten Tage schlief Erik tief und fest und wurde daher viel später als beabsichtigt durch ein Hupen vor der Tür geweckt. Schlaftrunken öffnete er die Haustür und entdeckte Paco, der vor der Tür stand und ihn verwundert anschaute.

»Ich habe Sie seit drei Tagen nicht gesehen und mir mittlerweile Sorgen gemacht, ob Ihnen was zugestoßen ist. Nun bin ich aber zufrieden, Sie bei bester Gesundheit wiederzusehen.«

Erik war etwas verstimmt und fühlte sich doch zugleich geschmeichelt. Einerseits hatte er das Gefühl, überwacht und bespitzelt zu werden, andererseits freute er sich darüber, dass es Menschen gab, die sich noch Gedanken über seine Gesundheit und sein Wohlbefinden machten. Er lachte Paco an und bat ihn in die Hütte.

»Ich habe zwei Tage lang eine Wanderung auf der Insel unternommen, um sie richtig kennenzulernen. Dies war wohl reichlich anstrengend und deshalb habe ich heute Morgen völlig verschlafen. Nehmen Sie Platz, ich mache uns Kaffee.« Er setzte das Kaffeewasser auf, zog sich schnell im Schlafzimmer frische Kleidung an und bereitete heißen, starken Kaffee.

»Darf ich fragen, wo Sie herumgelaufen sind und was Sie gesehen haben?«

Erik wurde verlegen, wollte nicht verraten, dass er auf dem Tempelberg gewesen war, um etwaige Verdachtsmomente von vornherein auszuschließen. Er erinnerte sich an die Beschreibung Sesnars über die Verfolgung der Einheimischen und erzählte Paco daher, er sei in den Schluchten am Fuß des Regenberges gewesen, um die Höhlen zu suchen, die in der Inselchronik genannt wurden.

Pacos Gesicht verfinsterte sich etwas, ohne dass Erik sich erklären konnte, warum. »Wir von der Insel gehen dort nicht gern hin, denn für unsere Vorfahren war dies früher ein ganz besonderer und heiliger Ort.«

Erik wurde verlegen. »Entschuldigung, ich hoffe, ich habe Ihre Gefühle und die Gefühle Ihrer Landsleute nicht verletzt. Ich wollte nur …«

»Schon gut, wir sind inzwischen auch Christen und glauben nicht mehr an die seltsamen Götter unserer Vorfahren. Es ist in unseren Köpfen lediglich ein sentimentales Gefühl vorhanden.«

Sie unterhielten sich noch über einige Banalitäten und Paco fragte, ob Erik mit zum Hotel und anschließend in die Stadt fahren wolle. Erik nahm dankend an. Auch seine Wasservorräte waren fast erschöpft und er benötigte dringend frisches Wasser aus der Quelle. Zwar taten ihm bei dem Gedanken, später zehn Liter Wasser den Tempelberg hinauf schleppen zu müssen, schon jetzt die Beine weh, aber er sah keine Möglichkeit, sich anderweitig ausreichenden Vorrat zu verschaffen.

Als sie das Haus verließen, fiel Erik auf, dass es nicht mehr regnete. Der Himmel war zwar noch bewölkt, zeigte jedoch schon blaue Lücken.

»Nun, es sieht so aus, als sei die Regenzeit vorbei.«

»Oh nein, der Regen macht nur Pause. Ich glaube, in vier Tagen wird es richtig zu regnen beginnen. Dann werden sich auch wieder die Wassermassen den Kaskadenberg herabstürzen und wenn wir Pech haben, unser Dorf unter Wasser setzen.«

Wird es nicht, dachte Erik. Er war sicher, bis dahin das Bewässerungssystem vollständig verstanden und durchblickt zu haben, um ein Hochwasser für den Ort vermeiden zu können.

»Wann machen Sie wieder Führungen zum Kaskadenberg?«

»Während der Regenzeit überhaupt nicht. Die Fahrt hinauf ist auf den Schotterpisten bei starkem Regen zu gefährlich. Heute führe ich nur einige Besucher zu den Zisternen.«

Sie hatten das Hotel erreicht, Paco versicherte, eine halbe Stunde zu warten und Erik brach zur Quelle auf und füllte alle verfügbaren Flaschen mit Quellwasser. Als er zurückkam, war der Bus mit Touristen gefüllt. Paco hielt den Beifahrersitz jedoch für Erik frei. Erik nickte dankbar.

»Wollen Sie uns begleiten und sich nochmals die Zisternen anschauen?«

»Gerne, aber leider muss ich zunächst noch einige Vorräte im Ort einkaufen. Ihre Besucher können nicht so lang warten.«

»Gut, dann setze ich Sie in der Stadt ab!«

Bevor Erik ausstieg, drückte er Paco unauffällig fünf Dollar in die Hand. Paco wollte empört ablehnen, aber Erik bestand darauf und fügte hinzu: »Ich glaube, ich schulde Ihnen sogar noch viel mehr!«

Paco verstand nicht, gab jedoch seinen Widerstand auf und winkte Erik noch lange freundlich nach.

Im Dorfladen erwarb er Wurst, Käse und Fladenbrote, zwei Tüten Trockensuppe sowie einen Kochaufsatz für die Gaskartusche, wuchtete den sicherlich zwanzig Kilo schweren Rucksack auf die Schultern und stapfte in Richtung Tempelberg. Er war sicher, einen guten Rucksack erworben zu haben, dennoch machte ihm das Gewicht zu schaffen. Er ging in Richtung der Zisternen, machte dort eine kurze Rast und wartete, bis Paco mit seinen Gästen die Führung beendet hatte und zurückfuhr.

Dann nahm er den Anstieg auf sich. Er musste fünfmal eine längere Pause machen, ehe er endlich die Höhle erreichte. Ihm war klar, dass er mit dem schweren Rucksack auf dem Rücken unmöglich auf dem engen Felsvorsprung balancieren konnte. Daher legte er einen großen Teil der Vorräte auf dem Boden ab und trug sie in mehreren Etappen in die Höhle. Anschließend öffnete er wieder vorsichtig das Felsentor und verstaute seinen ganzen Besitz in der kleinen Halle.

Es war spät am Nachmittag und Erik sah keinen Sinn darin, zu diesem Zeitpunkt noch weitere Forschungen in der Höhle anzustellen. Er aß eine Kleinigkeit, setzte sich in die Höhle und genoss das Licht der untergehenden Sonne, die immer wieder zwischen den Wolken hindurchschien. Erik wählte denselben Schlafplatz wie an den Tagen zuvor, polsterte die Stelle mit den mitgebrachten Decken und fand sein Höhlenbett, nachdem er sich mit der Thermodecke zugedeckt hatte, ausgesprochen gemütlich. Die Arme unter dem Kopf verschränkt dachte er über die Erlebnisse der letzten Tage nach und war über sich selbst verwundert, dass er hier, unbekümmert und sorglos, in der freien Natur lag. Er fühlte sich tatsächlich frei und ungebunden. Und glücklich. Vielleicht war der Moment gekommen, dass der Schmerz um Finn leiser wurde? Als er sich auf die Seite legte, war er in kürzester Zeit eingeschlafen.

Der nächste Morgen glich dem des Vortages. Es war trocken und durch einzelne Lücken der Wolkendecke glänzte der blaue Himmel. Erik wollte Paco glauben, dass der starke Regen noch bevorstand und sah es als seine Aufgabe an, den Ort vor der sonst üblichen Überschwemmung zu schützen. Er nahm seine Aufzeichnungen, seinen Kompass, sein Metermaß und stieg aus der Höhle hinab. Erik verglich seine Messungen und suchte dann in Höhe des Bodens nach Löchern im Felsen, die ihm von innen aufgefallen waren. Nach einigem Suchen fand er das erste, bald darauf entdeckte er die ganze Reihe.

Er stieg zur nächsten Terrasse hinab und auch dort fand er die Fels-bohrungen. Diese waren so geschickt angelegt, dass sie von außen aussahen, als seien sie natürlichen Ursprungs und nicht besonders tief. Bisher hatte er noch keine Ahnung, wie dick die Felswand zwischen ihm und den Wasserbecken war, er hatte jedoch auch noch keine Idee, wie er dies herausfinden könne. Beinahe lustlos scharrte er die losen Steine beiseite.

Zu seiner Überraschung entdeckte er unter dem Geröll weitere Löcher und war der Überzeugung, dass durch diese Löcher das auf dem Felsen stehende Wasser in die Becken im Berginneren fließen würde. In Höhe des oberen Auslasses zeichnete sich eine vom Berg weglaufende Rinne ab, in der sich das austretende Wasser zunächst sammelte und, wenn die Rinne voll war, überlief und das darunterliegende Feld bewässerte. Ähnliche Wellen waren, soweit Erik es beurteilen konnte, unter jedem Abflussloch angelegt. Diese Wellen waren in Regenzeiten zugleich Dämme, die das Wasser daran hinderten, ungezügelt die Felder hinabzuschießen, sondern die Wassermassen aufhielten und ihnen die Möglichkeit gaben, in die unteren Löcher und von dort in die großen Becken im Berg einzufließen.

Erik bewunderte die durchdachte Konstruktion und fragte sich, wer Urheber und Baumeister dieser Anlage war. Die terrassierten Felder hatten ungefähr eine Länge von zwanzig Metern. Dennoch waren die Zulauflöcher gleichmäßig über die Länge des Beetes verteilt. Vorsichtig steckte er den ihm verbliebenen Wanderstock in die verschiedenen Bohrungen und stellte fest, dass sie sämtlich in einem unterschiedlichen Winkel gearbeitet waren. Der Abstand der Bohrungen auf den Feldern war doppelt so groß wie der Abstand, den er in den Hallen im Berg gemessen hatte. Er legte sämtliche Ablauflöcher einer Terrasse frei und stellte auch hier fest, dass diese stets in unterschiedlichem Winkel gearbeitet waren, wobei die drei untersten Bohrungen schon dem nächst tieferen Auffangbecken zuflossen. Vor den Zuflusslöchern fand er stets große Kieselsteine, die scheinbar verhindern sollten, dass die Bohrungen durch zu viele kleine Steine verstopft werden konnten.

Obwohl die Anlage schon seit fast einem halben Jahrhundert nicht mehr gepflegt wurde, glaubte Erik, dass man sie jederzeit wieder in Betrieb nehmen könnte. Sie schien einfach konstruiert, umso mehr war er verwundert über die wirkungsvolle Planung.

Erik untersuchte noch die nächste Terrasse, die in der Konstruktion genau der vorhergehenden glich. Sorgsam richtete er die von ihm untersuchten Stellen wieder so her, wie er sie vorgefunden hatte, und begab sich danach in die Höhle, um seine Feststellungen und Messungen aufzuzeichnen und zu notieren.

Es fiel ihm schwer, sich auf diese Arbeit zu konzentrieren, denn innerlich fieberte er schon der weiteren Erkundung des Höhlensystems entgegen. Er war gespannt, was ihn im höheren Teil des Berges erwarten würde. Dennoch zwang er sich zu sorgfältiger Arbeit und es war bereits früher Nachmittag, als er seine Aufzeichnungen beendet hatte. Er aß etwas Wurst und Käse, rüstete sich wieder mit Metermaß, Taschenlampe und Block aus, hob die Felswand, versteckte seine Sachen hinter dem Tor und verschloss den Zugang sorgfältig hinter sich.

Erik hatte sich inzwischen an das feuchte Klima gewöhnt und Unsicherheit und Angst, die ihn anfangs bei dem Einstieg in das Höhlensystem überfallen hatten, waren vollständig gewichen. Es erschien ihm selbstverständlich, zwischen der Gegenwart und der von ihm entdeckten Vergangenheit der Insel hin und her zu wechseln und er empfand die Höhlen als einen normalen Aufenthaltsort. Er stieg den kurzen Quertunnel bergauf und wandte sich erstmals nach rechts.

Er war fast ein wenig enttäuscht, als er am Ende des Verbindungstunnels erneut ein Wasserbecken fand, das denen, die er kannte, wie ein Ei dem anderen glich. Er hielt sich nicht lange auf, überquerte den steinernen Steg, durchstieg den nächsten Verbindungstunnel und erreichte erneut ein Wasserbecken.

Vierundzwanzig weitere Beckenhallen hatte er mittlerweile ›neu‹ entdeckt und immer noch hoffte er auf weitere, aufregende Fundstücke. Dabei bewunderte er stets den seltsam guten Erhaltungszustand der metallenen Verschluss- und Öffnungsklappen. Es war ihm unverständlich, dass in der Luftfeuchtigkeit, die in dem Berg herrschte, Eisen und Stahl nicht schon längst verrostet waren. Er zog ein Taschentuch aus der Hose und begann den Griff eines Hebels zu polieren.

Die Farbe des Metalls war unverwechselbar. Unter dem noch matten Schleier der Ablagerungen schillerte eindeutig Gold. Erik polierte den Griff, das nachfolgende Gestänge und auch die Schleusenklappen immer weiter. Überall das gleiche Material: GOLD!

Kurz überfiel ihn der Gedanke, dieses Material einfach abzubauen und das Gold zu verkaufen. Es mussten in dem gesamten Höhlensystem bestimmt Tonnen von Gold verarbeitet worden sein. Wenn er es verkaufen würde, müsste er sich um die Zukunft keine Sorgen mehr machen, doch diesen Gedanken verwarf er schnell. Die Anlage war viel zu kostbar und einzigartig, als dass es sich gelohnt hätte, sie des Geldes wegen zu zerstören.

Das Licht, das durch die Abflusslöcher schien, wurde zunehmend schwächer und Erik gestand sich ein, dass er die weitere Erforschung des Systems verschieben musste. Er kehrte zur Höhle zurück, um seine letzten Erkenntnisse zu protokollieren, war jedoch fest entschlossen, die Erkundung der Schächte und Wasserbecken am nächsten Tag fortzusetzen.

Die ganze Nacht schlief er unruhig und wälzte sich hin und her. Er träumte, ganze Berghänge rutschten im starken Regen ab, hilflose Menschen irrten mit dem wenigen geretteten Hab und Gut durch verschüttete Straßen und er sah Traumbilder von verletzten Kindern. Dann wurden die Bilder verdeckt von den Kapuzenmännern, die ihre Kutten über alle Kinder warfen. Unter den Kutten trugen die Gestalten weiße Gewänder, so wie Calvez sie in seinen Aufzeichnungen beschrieben hatte. Noch immer konnte er die Gesichter nicht erkennen, lediglich einen Blick auf die vielen Münder ließen die tief ins Gesicht gezogenen weißen Kapuzen zu.

Diese Gestalten formten immer wieder im Chor lautlos die Worte: »Du bist es, du bist es.«

Erik erwachte am nächsten Morgen und benötigte einige Zeit, um zu sich zu kommen. Viel zu sehr waren seine Gedanken noch mit den Bildern seiner Träume und Sorgen verhaftet.

Die Anlage, die er entdeckt hatte, diente nicht nur der Bewässerung der Felder, sondern war auch ein Schutz davor, dass riesige Wassermassen ungezügelt in das Tal stürzen konnten.

Wenn er sich schon weigerte, Dritte an seinem Geheimnis teilhaben zu lassen, so war es unverantwortlich, das System aus reinem Entdeckergeist zu erkunden. Da er nun schon einmal bis zum Ausgang der Kaskaden hinabgestiegen und nach seiner Einschätzung auch nahezu bis zum Gipfel emporgeklettert war, hätte er sich zumindest bemühen sollen, sich Gedanken zu machen, wie die Anlage als Ganzes zu bedienen war.

Sicherlich, er wusste, wie die Schleusen zu öffnen und zu schließen waren, doch über die Logik, in welcher Reihenfolge welche Schritte getan werden mussten, hatte er noch keinen Gedanken verloren.

Er schaute aus der Höhle, sah viele dunkle Wolken am Himmel und wusste, dass der von Paco angekündigte starke Regen nicht mehr lange auf sich warten lassen würde. Er verstaute sein Schlafzeug hinter der Felswand, schloss sie ab und begann den Abstieg ins Höhlensystem. In jeder Halle betätigte er zunächst die Hebel, die die Wasserzuflüsse öffneten. Unterwegs dachte er über weitere Schritte nach.

Er wusste, dass die Becken, die unmittelbar unterhalb des Einstieges lagen, alle auf dem Boden verschlammt waren. Dieser Schlamm musste weggespült werden, um eine vollständige Wasserausbeute des Beckens erreichen zu können. Insbesondere versprach sich Erik davon, dass auch der marode Geruch in dem Tunnelsystem verschwinden würde. In den fünf untersten Becken öffnete er ebenfalls die Wasserzuflüsse zur Außenwand und auf seinem Rückweg nach oben drehte er die Verbindungsventile der verschiedenen Becken auf. Er hatte sich am Morgen seit langer Zeit wieder eine Uhr angezogen, um den Tagesverlauf und die Dauer für Auf- und Abstieg besser kontrollieren zu können. Nach etwa drei Stunden erreichte er – nahezu völlig außer Atem – den Querstollen zur Höhle.

Nach einer kurzen Essenspause begann Erik an dem Becken oberhalb des Stollens die Wasserzuflüsse und die Verbindungrohre zwischen den Becken vorzubereiten. Es erschien ihm sinnvoll, auch diese Becken auszuspülen, da sich im Staub kleine Steinchen und sonstige Ablagerungen angesammelt hatten.

Er erreichte das Becken, das er am Vortag als letztes gesehen hatte und war zufrieden, dass er zumindest bisher etwas dazu beigetragen hatte, eine Überflutung von San Cristobal zu verhindern. Die gespülten Becken konnten das Wasser eines größeren Regens spielend auffangen. Er ließ es etwas langsamer angehen, hetzte nicht mehr durch die Hallen und kam zu der Überzeugung, dass es in den oberen Hallen etwas heller war als in den unteren.

In zwei Hallen hatte er die Zu- und Abflüsse geöffnet und wollte sich auf den Weg zur nächsten Halle machen, als er etwas sah, das ihm vor Neugier und schauriger Ungewissheit eine Gänsehaut auf den Rücken trieb.

Der gegenüberliegende nächste Verbindungsstollen war nicht wie sonst üblich ein finsteres Loch, sondern von fahlem Licht erhellt. Vorsichtig, mit zittrigen Knien, überquerte er den steinernen Steg und stieg die Stufen des Verbindungsganges bergauf. Dieser Verbindungsgang war deutlich länger und steiler als die anderen und mit jedem Schritt, den Erik setzte, wurde es heller. Er bückte sich, blickte den Stollen entlang nach oben und sah am Ende des Anstieges helles Licht.

Sollte dies ein geheimer Ausgang sein oder wo sonst könnte der Weg enden? Er schüttelte seine Verunsicherung und den leichten Anflug von Angst ab und stieg weiter treppauf. Auf den letzten Stufen war er sich sicher, dass dieser Stollen nicht auf unerklärlichen Wegen aus dem Höhlensystem führte, sondern in einem weiteren Raum enden musste. Auf der vorletzten Stufe blieb er stehen und versuchte, sich von dort aus einen ersten Überblick über den Raum zu verschaffen.

KAPITEL 6

er Raum war in den Felsen gehauen. Immer hatte man Säulen stehenlassen, um die Decke zu stützen. Er wirkte groß und Erik versuchte, sich darüber klarzuwerden, welche Funktion diesem Raum ursprünglich zugedacht war. Er nahm die letzten beiden Stufen und schaute sich um. Das Licht für diesen Raum fiel durch drei Schächte, Erik schätzte schätzte die jeweiligen Vierecke auf sechzig mal sechzig Zentimeter.

Vor einem der Fenster befand sich ein großer Steinquader mit einem kleinen Schemel davor und Erik fühlte sich an einen Schreibtisch erinnert. Auf dem Tisch stand eine Schale. Erik hob sie vorsichtig mit drei Fingern an, sie war aus Stein. Er stellte die Schale zurück und entdeckte an seinem Daumen Rußspuren. Er vermutete, dass es sich um eine Art Feuerschale und Lichtquelle der früheren Bewohner dieses Raumes handelte.

An der linken Seite stand eine lange Steinbank, die Erik an einen Schlafplatz erinnerte. Als er näher herantrat, glaubte er zu erkennen, dass es sich bei dem Häufchen, das sich auf dieser Bank gebildet hatte, um Reste von Stoff und Fellhaaren handelte. Am meisten hing Eriks Blick jedoch an der seltsamen Konstruktion neben dem Schreibtisch. Unterarmstarke Stangen waren im Abstand von ungefähr zehn Zentimetern aufgestellt und wurden durch waagerecht gelegte und ungefähr gleichstarke Stangen, die mit einer Schnur an den senkrecht stehenden Pfosten angebunden waren, gehalten. In diesem »Regal« entdeckte er, was Sesnar beschrieben hatte: Schriftrollen.

Erik zögerte, ob er diese Rollen anfassen sollte. Sie beinhalteten mit Sicherheit umfangreiche Aussagen über die Vergangenheit, die Kultur und das Wissen der alten Priester. Allerdings gab es eine so unendliche Anzahl Rollen, dass er sich anmaßte, zumindest eine herauszuziehen. Sollte diese tatsächlich zerfallen, so würde angesichts der großen Zahl verbliebener Rollen nichts unendlich Wertvolles verloren gehen. Zumindest hoffte er das.

Vorsichtig pustete er den Staub von einer Rolle und zog sie aus dem Regal, immer in der Furcht, sie könnte jeden Moment auseinanderfallen. Doch Erik war freudig überrascht. Sie zerfiel nicht, und als er sie aufrollte, war der Stoff elastisch, als sei er erst vor wenigen Tagen gefertigt worden. Er warf einen Blick auf die seltsamen Schlangen- und Zickzacklinien, Kreise und Punkte und bedauerte, dass wohl niemand in der Lage sein würde, den Inhalt und die Bedeutung dieser Zeichen zu erforschen. Vorsichtig legte er die Rolle wieder zusammen und räumte sie in das Regal zurück, aus dem er sie gezogen hatte.

Verwundert stellte Erik fest, dass sich in all den Jahren zwar reichlich Staub in dem Raum angesammelt hatte, er ansonsten jedoch sauber und ordentlich erschien. Nach seiner Vorstellung hätte der Wind einiges im Raum durcheinandergewirbelt haben müssen. Auch Vögel hätten den Raum als Nistplätze nutzen können.

Er ging auf einen der Lichtschächte zu. Der Raumseite zugewandt war dieser exakt rechtwinklig gearbeitet, die Innenwände des Schachtes glattpoliert. In etwa einem halben Meter Tiefe entdeckte Erik einen Holzrahmen, der genau in den Lichtschacht passte und mit feinem Stoff bespannt war. Erik konnte das Meer durch den Stoff noch gut sehen und dennoch schien das Material des Stoffes so haltbar, dass es der Witterung ein halbes Jahrtausend lang widerstanden hatte. Hinter dem Rahmen fand Erik Reste von Vogelnestern, Federn und Kot. Der äußere Teil des Lichtschachts war deutlich größer behauen als innerhalb des Rahmens. Die beiden anderen ›Fenster‹ glichen dem ersten. Sie waren alle dem Meer zugewandt.

Erik begann zu begreifen. Hätten die Lichtschächte zum Inselinneren gelegen, so wäre das nächtliche Licht der Priester zu sehen gewesen und hätte das Bewässerungssystem verraten.

Er drehte sich um und entdeckte hinter der Mauernische eine weitere Treppe, die aufwärts führte. Nach achtzehn Stufen konnte er einen Blick in den nächsten Raum werfen und wäre vor Schrecken beinahe rückwärts die Treppe hinabgestürzt.

Mit dem ersten Blick hatte er ein Skelett gestreift. Hastig stürzte Erik zurück und setzte sich auf den Schemel am Schreibtisch. Dann lief er im Raum auf und ab und versuchte seine Gefühle und Ängste wieder in den Griff zu bekommen. Eines stand für ihn fest: Die Leiche musste von einem Menschen stammen, der vor nahezu einem halben Jahrhundert verstorben war. Wer immer die Leiche war und Erik hatte eine leise Ahnung, wessen Leiche dies sein konnte, sie konnte ihm nichts tun. Der Raum war gut durchlüftet, lebensgefährliche Bakterien und Pilze gab es in dem Raum sicherlich auch nicht. Aber er würde sich nicht daran gewöhnen können, bei seinen Nachforschungen ständig von einem Schädel beobachtet zu werden.

Er eilte zu seinem Rucksack, holte eine Decke, die er als Schlafunterlage nutzte, und stieg zurück. Er musste sich zusammenreißen. Obwohl er wusste, dass sich niemand außer ihm in dem Höhlensystem befand und auch wenn das Skelett keine Zeichen irgendwelcher geheimnisvollen Kräfte ausstrahlte, kamen ihm doch Bilder aus widerlichen Gruselfilmen in den Kopf.

Den letzten Treppenaufstieg zu dem Raum, in dem das Skelett lag, ging er mit äußerster Vorsicht und Langsamkeit und war erst zufrieden, als er sah, dass sich nichts verändert hatte.

Schnell breitete er die Decke über das Skelett. Es störte ihn nicht, dass dabei die Knochen zusammenfielen. Das Skelett lag auf einer Steinbank, ähnlich der Schlafbank im unteren Raum und Erik war der Überzeugung, dass der Verstorbene im Schlaf von dieser Welt gegangen war. Erst als er das Skelett vollständig abgedeckt hatte, wagte er, den Raum genauer anzuschauen.

Er glich in Größe und Ausstattung dem Raum, den er bereits zuvor gesehen hatte. Auch hier gab es eine Bibliothek, doch lag auf dem Schreibtisch noch eine Rolle und Erik schloss daraus, dass der Verstorbene bis zuletzt gearbeitet hatte.

Erneut entdeckte er hinter einem Felsvorsprung eine Treppe. Er ging auf sie zu und war verwundert, dass diese nicht zu einem weiteren Raum führte. Als er die Treppe hinaufblickte, schaute er ins Dunkle und konnte nichts erkennen. Er schaltete die Taschenlampe an und stieg aufwärts, erreichte schließlich einen kleinen unbeleuchteten Raum, von dem eine weitere Treppe nach oben führte. Die Treppe endete in der Decke. Er suchte ergebnislos die Wände nach geheimnisvollen Ritzen, einer verborgenen Tür ab.

Er stieg die Treppe weiter hinauf und stieß auf eine polierte Felsplatte in der Decke. Sie war von innen verriegelt. Vorsichtig löste er die Verriegelung, aber die Platte ließ sich nicht anheben. Er suchte weiter nach einem geheimen Verschluss, konnte jedoch nichts finden. Es schmerzte ihn, das Geheimnis, das hinter dieser Platte verborgen war, nicht lüften zu können. Erik setzte sich auf eine Treppenstufe und dachte nach.

Unendlich langsam drangen die logischen Überlegungen in sein Gehirn. Die Höhle mit dem Zugangsstollen lag knapp unterhalb des

Tempelplateaus. Von dort aus war er durch einige Hallen nach oben gestiegen. Anschließend der lange Anstieg zu dem ersten Wohnraum, darüber der zweite Wohnraum. Ja, er war sich sicher, die Wohnräume mussten sich bereits in den Höhen des Berges befinden, in der auch der Treppenaufstieg zum Gipfel lag. Zuletzt nun dieser steile Aufgang, der kleine Raum und die Stufen, die zu der Deckenplatte führten.

Erik begann das Leiden der letzten Priester zu erahnen. Er war sich sicher, über dieser Deckenplatte war der Boden der Kapelle. Durch diese Deckenplatten also stiegen die Priester davor in den Stollen ein, um die um die Zu- und Abflüsse der Becken zu bedienen, die Felder zu bewässern.

Erik versuchte sich vorzustellen, was Calvez und Sesnar beobachtet hatten. Der kleine Raum, in dem er nun saß, und die Treppenstufen waren dunkel, mit Sicherheit wurden sie mit einer Fackel oder einem Feuer ausgeleuchtet. Wurde die Deckenplatte geöffnet, strahlte das lodernde Feuer den noch auf dem Gipfel stehenden Priester an, ehe der in den kleinen Raum hinabstieg. Wurde die Platte wieder geschlossen, erlosch das ›Höllenfeuer‹ ebenso schnell, wie es erschienen war. Kein Wunder, dass Sesnar, als er auf den Gipfel stürmte, keine Spur von einem Feuer oder einem Menschenopfer fand. In dem schlechten Licht der einsetzenden Dunkelheit konnte er wohl auch nicht erkennen, dass er vor einem Eingang stand. Im Laufe des nächsten Tages hatten die Soldaten schon den Boden der Kapelle verlegt.

Nachdenklich und schwermütig stieg Erik zurück in den Wohnraum. Er schaute durch einen Lichtschacht auf das Meer und beobachtete, wie sich der Himmel mehr und mehr verdunkelte. Ein Blick auf die Uhr zeigte ihm, es war erst fünf – und somit zu früh für die Abenddämmerung. Erik wusste, die Regenfälle würden in Kürze beginnen. Er fühlte sich orientierungslos und hatte den Eindruck, sein Kopf wäre leer. So lief er planlos durch den Raum, immer auf und ab.

Sein Blick fiel auf das Regal mit den Schriftrollen und wieder überkam ihn Trauer, weil er diese Schriften nicht lesen konnte.

Eher beiläufig und in Gedanken über die Bedeutung der seltsamen Schriftzeichen war er an dem Schreibtisch vorbeigeschlendert. Er hatte noch nicht einmal gezielt auf den Schreibtisch geblickt, doch alleine die letzten Zeichen, die ihm ins Auge fielen, ließen ihn zusammenfahren.

»So gehe ich als der letzte Maktonatl!«

Erik war in seiner Gedankenlosigkeit sogar schon einige Schritte weitergelaufen, stutzte dann und blieb stehen, um sich darüber klarzuwerden, was er soeben wahrgenommen hatte.

Ungläubig ging er zurück zum Schreibtisch und sah darauf zwei nebeneinanderliegende Schreibrollen. Beide waren anscheinend neu angefangen worden, beide mit nur wenigen Zeichen beschrieben. Auf der linken befanden sich die seltsamen Schriftzeichen, die er bereits auf der ersten Schriftrolle gesehen hatte, die rechte Schriftrolle war jedoch penibel mit lateinischer Schrift gefüllt.

Tränen schossen Erik in die Augen. Er konnte nichts lesen und ging von den Schreibrollen weg, damit sie nicht beschädigt wurden. Er fühlte sich ausgelaugt und erschöpft. In seinem Kopf wechselte sich die Leere ab mit tausenden Gedanken, die umeinander kreisten. Er wusste nicht, warum er heulte und doch schienen sein Körper und sein Geist danach zu verlangen. Er stieg in das darunterliegende Zimmer und setzte sich auf die Schlafbank. Er vergrub sein Gesicht in den Händen und versuchte, wieder Kontrolle über sich zu erlangen.

Erik wachte auf und erschrak. Er wusste nicht, wo er war. Erst nach einiger Zeit gelang es ihm, sich zu orientieren. Er war auf der Steinbank des tiefergelegenen Raumes eingeschlafen. Tageslicht fiel durch die Luken herein. Sofort warf er einen Blick auf die Uhr. Er hatte mehr als zwölf Stunden geschlafen. Langsam richtete er sich auf, streckte sich und spürte, dass ihm Knochen und Gelenke von der harten Steinbank schmerzten. Es wurde ihm mulmig bei dem Gedanken, in einem großen Raum mit einem Skelett geschlafen zu haben. Vorsichtig schlich er nach oben, fand den Raum jedoch unverändert vor. Er warf einen Blick auf den Schreibtisch, auf dem sich weiterhin unverändert die zwei nebeneinanderliegenden Schreibrollen befanden. Noch hatte er nicht den Mut, sie zu lesen.

Draußen regnete es heftig. Aus dem Höhlensystem drang ein beständiges Rauschen. Erik erinnerte sich, dass er das Höhlensystem überwachen und auch die Anschlussverbindungen zwischen den einzelnen Becken schließen musste, um einen Wasservorrat anzulegen. Er stieg hinab zum ersten Wasserbecken und stellte erfreut fest, dass Staub und Kiesel weggespült waren. Dann schloss er das Abflussrohr zum nächsttieferen Becken. Beindruckt stellte er fest, wie schnell das Wasser einströmte. So stieg er Halle für Halle bergab, kontrollierte die Sauberkeit der Becken und schloss danach die Abflussventile.

Erik hatte es nicht eilig. Als er am Zugangsstollen vorbeikam, gönnte er sich eine Pause, frühstückte ausgiebig und stieg danach weiter bergab. Die fünf untersten Becken, deren Abflussventile er am Vortag noch nicht geöffnet hatte, waren sämtlich halb voll. Er erreichte das letzte Becken, öffnete das Abflussventil des untersten Beckens und sah zu, wie sich von dort aus zwei große Ströme in Richtung der Kaskadenausgänge ergossen. Erik stieg hinauf und öffnete die letzten noch verschlossenen fünf Ventile. Nachdem das

Wasser abgelaufen war, schloss er sie wieder und beobachtete mit Zufriedenheit, wie sich die Becken langsam mit frischem Regenwasser füllten.

Zumindest während der Regenzeit wollte er das Höhlensystem nur noch verlassen, um Vorräte zu besorgen, denn er wollte hinter die Funktionsweise kommen. Mittlerweile hatte er sich auch mit der Tatsache abgefunden, dass in dem System ein Skelett lag. Allerdings hatte er nirgends einen Platz bemerkt, der den Priestern als Beerdigungsstätte hätte dienen können und fragte sich, wo man deren Gebeine wohl aufbewahrte.

Durch den grob behauenen Zugangsstollen floss inzwischen vermehrt Wasser, sodass sein Gepäck nicht mehr sicher und trocken gelagert werden konnte. Daher entschloss er sich, trotz der Gebeine, sämtliches Gepäck in den untersten Wohnraum zu schaffen. Er räumte die Stoff- und Fellreste von der Steinliege und richtete diese als seinen Schlafplatz her. Seine Aufzeichnungen und Notizen breitete er auf dem Schreibtisch aus und als er sich einigermaßen eingerichtet hatte, kam ihm der Raum nahezu wohnlich und wie ein Zuhause vor.

Dann ging er in die obere Kammer und begann die letzten Aufzeichnungen des Verstorbenen zu lesen.

Dieser hatte wie üblich nachts die Schleusen zur Bewässerung der Felder geöffnet. Er war müde und erschöpft und daher auch unachtsam. Kurz bevor er sein Schlafgemach erreichte, rutschte er auf einer Treppe aus und stürzte hinab. Er brach sich den Oberschenkel. Der Schreiber beklagte, dass er weder Medizin noch die Hilfe der anderen Priester bekam, um sich ordnungsgemäß zu behandeln. Ihm bliebe nur übrig, seine Verletzungen oberflächlich zu verbinden. Auch habe er keine Zeit, sich richtig zu pflegen, da er seinen Aufgaben bei der Bewässerung der Felder nachkommen müsse. Zunehmend beklagte er, welche Schmerzen er litt und wie schwer es ihm fiel, das Höhlensystem nachts zu verlassen, um sich in den Vorratskammern und auf den Feldern Nahrung zu verschaffen.

Die Schrift, so merkte Erik, wurde immer zittriger und schwächer und zuletzt, der Schreiber wusste wohl, dass er dem Tode nahestand, sorgte sich der letzte Maktonatl darüber, wie er das Höhlensystem zurücklassen solle.

Er schilderte, dass, als er und die anderen Priester endlich den Zugang zu dem Höhlensystem geschafft hatten, feststellen mussten, dass die Becken sämtlich verschlammt waren, es in den Höhlen nahezu unerträglich gestunken habe. Es habe Wochen der Arbeit bedurft, das System wieder nutzbar zu machen. Daher habe er sich nach langen Überlegungen entschlossen, die Zuläufe und Verbindungskanäle zu schließen.

Dann las Erik noch einmal die letzten Worte des Priesters, die ihn bereits am Tag zuvor so gerührt hatten. Im restlichen Tageslicht und später auch noch im Schein der Taschenlampe versuchte er Zeichen der Inselschrift lateinischen Buchstaben zuzuordnen. Er suchte in dem spanischen Text häufig vorkommende Worte und fand diese beim Vergleichen der Texte in ähnlich häufiger Form auch in der Schrift der alten Priester. Auf diese Weise verfasste Erik ein kleines Wörterbuch mit zunächst fünfzehn Begriffen, von denen er sicher war, dass sie gleichbedeutend waren.

Als das Licht schwand, stellte er seine Arbeiten ein. Er ging ein letztes Mal zum obersten Becken, sah, dass dieses fast zu einem Viertel gefüllt war, und begab sich in den unteren Wohnraum, um sich schlafen zu legen.

Erik konnte sich gut vorstellen, wie gefährlich es sein musste, ohne ausreichende Beleuchtung nachts bis in den untersten Bereich der

Höhle zu steigen und wieder zurückzuklettern. Er bewunderte die alten Priester, die eine solche ›Wanderung‹ tagtäglich absolviert hatten. Welche Qualen musste der letzte Priester auf sich genommen haben, dass er sogar mit gebrochenen Beinen seiner Arbeit nachging.

Am nächsten Morgen erwachte Erik gegen sechs Uhr. Er war irritiert, dass er wieder so lange geschlafen hatte. Der Himmel war dunkelgrau und es regnete noch in Strömen. So sehr er sich auch anstrengte, er wollte nicht recht wach werden. Er stieg zum obersten Becken hinab, welches wohl in einigen Stunden gefüllt sein müsste, füllte eine der leeren Wasserflaschen mit Regenwasser und stieg wieder hinauf in sein Wohnzimmer. Dort hielt er die Flasche in einen der Lichtschächte und war begeistert, dass das Wasser klar und frei von irgendwelchen Blättern oder Sandresten war.

Er nahm seinen Campingkocher aus dem Rucksack und bereitete sich einen Kaffee. Der fauchende Gaskocher strahlte bald eine leichte Wärme aus und Erik freute sich, dass es sogar gelang, das klamme Gefühl aus Kleidern und Knochen zu vertreiben. Als er vorsichtig an dem heißen Kaffee nippte, überkamen ihn eine wohlige Entspanntheit und ein Gefühl von Gemütlichkeit.

Eine geraume Zeit lehnte er sich an einen der Lichtschächte und schaute auf das graue Meer, beobachtete, wie die Gischt auf den Wellen tanzte und erst, nachdem sich seine Augen an dem herrlichen Anblick sattgesehen hatten, stieg er in das obere Wohngemach, um seine Lesearbeit fortzusetzen.

Zunächst wollte sich Erik bemühen, das Ordnungssystem der Schriftrollen zu verstehen. Nach Eriks Schätzungen mussten sich in den beiden Wohnräumen mehrere tausend Schriftrollen befinden. Es versprach daher keinen Erfolg, blindlings Schriftrollen herauszuziehen, um sie inhaltlich oder zeitlich zuordnen zu können. Er wandte sich zunächst dem Rollenregal zu, das direkt neben dem Schreibtisch stand und vermutete, dass der letzte Priester seine Schriftrollen neben seinem Schreibtisch gelagert haben würde. Eingehend betrachtete er das raumhohe Regal neben dem Schreibtisch und ihm fielen zwei, gleichermaßen nicht vollständig gefüllte Fächer mit jeweils siebzehn Rollen auf.

Er zog aus dem linken Fach eine Rolle, öffnete sie vorsichtig, doch sie war in der Schrift der Priester verfasst. Dann zog er ebenfalls die darunterliegende hervor, doch auch diese war in der früheren Inselsprache geschrieben. Vorsichtig legte Erik die Rollen in der Reihenfolge zurück, in der er sie vorher entnommen hatte. Er zog nunmehr die oberste Rolle aus dem rechten der beiden Fächer und öffnete sie.

Ein unkontrollierter Jubelschrei entsprang seiner Kehle. Diese Rolle beinhaltete eine spanische Niederschrift. Vorsichtig rollte Erik die vom Verfasser liegengelassenen, angefangenen Schriftrollen zusammen, legte sie an den Rand des Schreibtisches und breitete die neue gefundene Schriftrolle aus.

Sie war etwa zwei Meter lang, einen Meter breit, und füllte ausgerollt nahezu den gesamten Schreibtisch. Eriks Augen überflogen das Geschriebene oberflächlich und als er an das Ende der Schriftrolle gelangte, fand er, was er gesucht hatte. Die Rolle schloss mit dem Vermerk:

»Siebzehnte vollständige Schriftrolle des Maktonatl Coxlan im Sommer der 1608. Vertreibung.«

Zur Kontrolle zog Erik eine weitere Rolle aus dem Stapel, öffnete sie. Auch sie war in spanischer Sprache verfasst und endete mit dem Vermerk:

»Sechzehnte vollständige Schriftrolle des Maktonatl Coxlan im Winter der 1607. Vertreibung.«

Eine Rolle nach der anderen zog Erik nun heraus. Den Inhalt las er nicht, sondern achtete lediglich darauf, dass sämtliche Rollen durchgehend nummeriert waren.

Nun zog er erneut die oberste Rolle aus dem linken Regal und begann anhand der wenigen Worte, die er in der Schrift der Priester erkennen konnte, die Rolle mit der siebzehnten vollständigen Rolle in spanischer Schrift zu vergleichen. Bald war er sicher, dass der Inhalt der beiden Rollen identisch war.

Er holte sich ein T-Shirt, schnitt es in Streifen und band die siebzehnte Rolle in spanischer Sprache mit der siebzehnten Rolle in der Inselsprache der Priester zusammen und notierte auf dem Stoffstreifen »17«. So verglich er sämtliche Rollen, bis er sich sicher war, jeder Rolle in Inselschrift die passende spanische Übersetzung zugeordnet zu haben. Paarweise legte er die Schriftrollen zurück ins Regal.

Am liebsten hätte er sofort mit dem Lesen begonnen, doch er zwang sich, zunächst den Zustand der Becken zu kontrollieren, ausreichend zu essen und zu trinken, und erst wenn diese Arbeiten erledigt waren, sich die Muße zu gönnen, die Aufzeichnungen Coxlans zu lesen.

Das oberste Becken war randvoll, das von außen immer noch nachströmende Wasser floss durch die Überlaufröhren ab. Jedes Becken, zu dem er hinabstieg, war ebenso gefüllt und die Überlaufverbindungen taten zuverlässig ihren Dienst. Lediglich in den untersten beiden Becken schienen die Rohre überlastet. Hier ergoss sich das überschüssige Wasser über den Beckenrand und floss über die Treppen der Verbindungsstollen abwärts.

Obwohl es ihm nicht ganz ungefährlich erschien, war Erik doch so neugierig, dass er vorsichtig durch das strömende Wasser die Stufen des Verbindungsstollens bis in jenen Raum hinabkletterte, in dem sich die Ausgänge der Kaskaden befanden. Die Strömung auf den

Treppen war heftig und er musste aufpassen, dass ihm das Wasser nicht die Füße wegzog. In der Halle vor den Kaskaden schäumte das Wasser. Das Wasser, das über die Treppe kam, vermengte sich mit dem aus den Überlaufröhren, verwirbelte in der Halle zu einer schäumenden Masse, ehe es sich den Weg zu den Kaskadenausgängen suchte.

Fasziniert beobachtete Erik die Urgewalt des Wassers, die hier im Inneren des Berges tobte, ohne dass außerhalb des Berges jemand davon wusste. Schließlich erkannte Erik, dass er sich selbst in einer gefährlichen Situation befand. Sollten ihm die Wassermassen die Füße wegspülen, gab es wohl keinen Halt mehr und er würde von der Strömung in die Kaskadenbucht gespült werden. Vorsichtig kämpfte er sich die Treppenstufen hinauf und war froh, als er endlich wieder trockenen Boden unter den Füßen hatte.

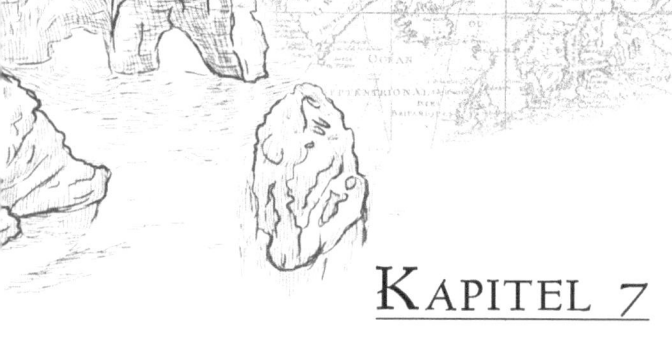

KAPITEL 7

Um frühen Mittag des 18. Februars erschraken die Einwohner von San Cristobal durch ein merkwürdiges Geräusch. Es war Regenzeit und sie waren daran gewöhnt, dass der Regen rauschte und auf die Dächer prasselte. Doch das Geräusch, das sie nun vernahmen, war ungewohnt und lauter als gewohnt. Trotz des Regens strömten aus vielen Häusern Menschen, um zu erforschen, woher das Geräusch kam. Als die ersten Bewohner die Inselzunge erreicht hatten und sahen, wie aus den drei Löchern im Fels Kaskaden ins Meer stürzten, blieben sie wie angewurzelt stehen. Der Regen lief ihnen an Gesichtern und an Haaren hinunter und obwohl sie schnell bis auf die Haut durchnässt waren, wagte keiner, den Ort zu verlassen. Vereinzelt fielen Menschen auf die Knie, bekreuzigten sich und beteten. Die Kaskaden fielen nur eine halbe Stunde. Doch bereits am nächsten Abend ergossen sich erneut Wassermassen in die Bucht und endeten erst, nachdem auch die letzten Regentropfen gefallen waren.

Am folgenden Sonntag blieb die Kirche wie ausgestorben. Stattdessen pilgerten die Inselbewohner mit Vorräten an Fleisch und Quellwasser zum Gipfel des Berges und feierten auf dem Vorplatz der früheren Tempelanlage im Schein von Lagerfeuern ein Fest, da erstmals seit Generationen San Cristobal von Überschwemmungen und Schlammlawinen verschont blieb.

Von all dem wusste Erik nichts. Ungefähr zur gleichen Zeit stieg er bedächtig und mit heimlicher Vorfreude auf die kommenden Stunden ruhigen Lesens der Rollen nach oben zu seinem Wohnraum.

Lange habe ich mit mir gerungen. Es ist Aufgabe des Hüters, die Geschichte unseres Volkes aufzuzeichnen. Doch ich weiß, dass niemand meine Geschichte lesen und verstehen kann, wenn mich die Götter zu sich gerufen haben. Mit mir wird der Letzte gehen, der unsere Zeichen deuten kann. Ist dies der Wille der Götter? Soll all unser Wissen, soll unsere Geschichte vergessen werden? Die Götter werden es entscheiden. Ich will dazu beitragen, dass das Volk der Maktonenen nicht vergessen wird. Darum will ich meine Erinnerungen auch in der Sprache und der Schrift der Fremden verfassen. Ich weiß, dass der Padre unsere Kinder in der Sprache der Fremden unterrichtet. Die Götter werden demjenigen, den sie würdig erachten, den Weg zu unserer Sünde weisen, dann soll er mit der Sprache der Fremden meine Gedanken lesen können.

Heute Nacht haben die Götter nach Annukat, dem 291. Maktonatl gerufen. Die Götter formten uns aus Wasser und wir sind Wasser, und sollten die Götter unsere Dienste auf dieser Welt nicht mehr benötigen, müssen wir den Göttern unsere Körper wieder zurückgeben. Ich, Coxlan, der 292. Maktonatl, habe die sterblichen Überreste Annukats hinunter zu dem Ausgang der Kaskaden gebracht und bei der nächsten Vereinigung wird Annukat zu den Göttern zurückkehren.

Zwei Tage ist es her, seit mich Annukat rief. Ich verbeugte mich vor dem Maktonatl und mit zittrigen Händen setzte er den Reif der ewigen Vereinigung auf mein Haupt.

»Coxlan, 292. Maktonatl, die Götter mögen dir einen starken Geist und eine gute Gesundheit geben, damit du deinen Dienst lange zum Wohlgefallen der Götter verrichten kannst.«

Ich leistete den seit den Zeiten des Maktonatl Nokkat überlieferten Schwur, die Sünde der Priester niemals preiszugeben, das Volk reinzuhalten und vor dem Zorn der Götter zu schützen. Doch als ich diesen Schwur leistete, überkam mich Angst. Wie sollte ich die Reinheit unseres Volkes bewahren, da doch die Fremden Blut unseres Volkes vergossen hatten? Wie sollte ich die Sünde von dem Volk fernhalten, da die Fremden uns Sünde gezeigt hatten?

»Du benötigst besondere Kräfte, denn nie zuvor verlangte das Amt des Maktonatl so viel Demut, Vertrauen und Disziplin, wie es nun von dir verlangt wird, doch sei gewiss, wenn ich bei den Göttern bin, werde ich laut deinen Namen nennen.«

Dies waren die letzten Worte des 291. Maktonatl. Ich gab ihm Blätter des Coca-Strauches, den ich vor drei Nächten ausgegraben hatte. Trotzdem stöhnte und litt er noch den ganzen folgenden Tag, doch er konnte nicht mehr sprechen und verstand auch meine Worte nicht mehr. Es tröstet mich und ich bin stolz, dass Annukat meinen Namen laut vor den Göttern nennen will und dennoch bin ich voller Sorge, wer meinen Körper den Göttern und dem Wasser zurückgibt, wenn diese mich gerufen haben. Ich fürchte, diese Sorge wird mich nicht ruhen lassen, solange ich hier das Werk der Götter verrichten darf.«

Abrupt legte Erik die Schriftrolle zur Seite. Er spürte, wie sich sein Herz zusammenkrampfte. Bisher hatte er sich noch keine Gedanken darüber gemacht, was mit den Priestern dieser Insel hätte passiert sein können. Er wollte nicht ausschließen, dass diese vielleicht auf geheimnisvollen Wegen die Insel verlassen oder auf sonstige Weise ihre Kultur erhalten hatten. Nun stand jedoch für Erik fest, dass sich die letzten Priester in diesem Höhlensystem verborgen hatten und einer nach dem anderen, zuletzt Coxlan, hier gestorben waren.

Er empfand es als wenig feierlich und christlich, dass die Leichen der verstorbenen Priester durch die Kaskadenöffnung ins offene Meer gespült wurden. Jedoch schien es in der Glaubenswelt der Priester unerlässlich, ins Meer gespült zu werden, um zu den Göttern gelangen zu können.

Coxlans einleitende Sätze schienen Erik wie eine Bitte, auch seine Gebeine dem Meer zu übergeben. Mit Sicherheit waren auch diese für Archäologen von höchster Bedeutung, doch Erik empfand eine Verpflichtung gegenüber Coxlan. Er fühlte für ihn wie für einen Bruder und er wollte nicht die Verantwortung auf sich laden, dass Coxlan auf ewig leiden müsste.

Erik überfielen Gedanken vom Leben nach dem Tod, von dem er nicht wusste, ob es ein solches gab, und wenn ja, wusste er nicht, wie es aussehen könnte. Er hoffte, denn mittlerweile hatte er verstanden, dass sein geliebter Finn nicht mehr auf Erden weilte, dass der Junge, dass seine Seele irgendwo ein Zuhause gefunden hatte. Nun stand Eriks Entschluss fest, Coxlans Gebeine dem Meer zu übergeben.

Er trat an das Lager, auf dem die Gebeine ruhten, und hob vorsichtig die Decke ab, die er zwei Tage zuvor furchtsam über Coxlan gelegt hatte. Erik erkannte auf dem Schädel den Ring der Vereinigung, einen kreisrunden goldenen Reif, an dessen Front ein für ihn nicht erklärbares Symbol eingearbeitet war. Er entdeckte eine Fraktur am Oberschenkelknochen des linken Beines und sah sogar noch Reste eines Verbands, ähnlich dem Material, aus dem die Schriftrollen gefertigt waren. Er nahm den Ring der Vereinigung vom Schädel Coxlans, legte ihn sorgfältig zur Seite. Dann breitete er die Decke, mit der er vorher das Skelett abgedeckt hatte, auf dem Boden aus und begann, die Gebeine auf die Decke zu legen. Erik wunderte sich, dass er bei dieser Arbeit keinen Ekel empfand.

Nachdem er alle Knochen sorgsam auf der Decke platziert hatte, formte er einen Sack und schnürte ihn zu. Er ging zu einem der Sichtschächte und beschloss, die Nacht abzuwarten, bevor er die Gebeine Coxlans dem Meer übergab.

Er starrte stundenlang auf das Meer und fragte sich immer wieder, ob das, was er vorhatte, das Richtige war. Doch jedes Mal, wenn er darüber nachgrübelte, kam er mehr zu der Überzeugung, dass die Gebeine nach der alten Tradition ›beerdigt‹ werden mussten. Wie wohl auch jene von Finn im ewigen Tanz der Wellen verschwunden waren.

Er schlug noch einmal die Schriftrolle auf und suchte nach Anmerkungen zu einem bestimmten Beerdigungsritual, fand aber nichts dergleichen. Mit Einbruch der Dämmerung nahm Erik das Tuch mit den Gebeinen und stieg durch die Hallen abwärts in Richtung der Kaskadenausgänge.

Erik setzte das Tuch mit den Gebeinen Coxlans auf einer trockenen Stelle in einer der letzten Hallen ab und stieg vorsichtig über die überfluteten Treppen weiter nach unten. Es schien ihm zu gefährlich, mit dem Tuch auf dem Rücken und dem Gewicht der Gebeine diesen schwierigen Weg zu gehen. Er öffnete das Abflussrohr des letzten Beckens, ging zurück zum vorletzten Becken, öffnete dort das Abflussrohr und tat dies auch beim Drittletzten. Schon bald ließ die Überflutung der Treppe nach und er kontrollierte, dass sich der Wasserspiegel der letzten drei Becken senkte. Als nach seiner Meinung genügend Wasser abgelassen war, schloss er die Abflüsse erneut und wartete ab, bis das Wasser aus den Ausgängen der Kaskaden seinen Weg nach draußen fand.

Schließlich öffnete er das Tuch und legte die Gebeine in den Vorraum der Kaskadenausgänge. Einige Zeit stand er noch daneben und überlegte, ob er den endgültigen Schritt vollziehen solle. Er blieb bei seinem Entschluss. Erik sprach ein ihm bekanntes Gebet und war sich sicher, Coxlan würde ihm diesen Fehler verzeihen können. Dann stieg Erik zurück und öffnete das Abflussrohr des letzten Beckens. Ein gewaltiger Wasserstrahl ergoss sich in den Vorraum der Kaskadenausgänge, erfasste die Knochen, wirbelte sie durcheinander und spülte sie durch die Ausgänge ins Meer. Zuletzt schloss Erik das Abflussrohr und stieg zu den Schlafräumen hinauf.

Er fühlte sich leer, gedanken- und gefühlsleer und doch so, als sei eine unendliche Last von ihm abgefallen. Ohne nachzudenken nahm er Stufe um Stufe, durchschritt Halle für Halle, und als er sein Zimmer erreichte, legte er sich nieder und schlief sofort ein.

Erik erwachte im Morgengrauen. Geradezu selbstverständlich nahm er sich Wasser von dem ersten Sammelbecken, bereitete sich einen Kaffee und erst langsam wurde ihm bewusst, was er am Vorabend getan hatte. Er versuchte, sich darüber klarzuwerden, ob er die Beisetzung Coxlans nur geträumt oder tatsächlich vollzogen hatte. Erik stieg nach oben und fand Coxlans letzte Ruhestätte leer. Er erschrak über sich selbst. Als er die Höhlen entdeckt hatte, war er fest entschlossen gewesen, nach streng wissenschaftlichen Gesichtspunkten zu forschen. Nun hatte er einen der wichtigsten Funde, nämlich die Gebeine des letzten Maktonatl, aus einem aberwitzigen Wahn heraus einfach ins Meer gespült.

Er hatte das Gefühl, am Vorabend nicht Herr seiner Selbst gewesen zu sein, als wäre er durch eine fremde Macht gesteuert worden. Natürlich war dieser Gedanke absurd, dennoch schien er sich tief in ihm festzufressen.

Schließlich wischte Erik alle Bedenken zur Seite und bestätigte sich, dass er mit der Beisetzung Coxlans das Richtige getan hatte. Zumindest hätte sich Erik nicht verzeihen können, wenn man Coxlan seinen letzten Wunsch nicht erfüllt und stattdessen seine Gebeine im hellen Scheinwerferlicht eines Museums zur Schau gestellt hätte.

Langsam gewann Erik seine Fassung wieder. Er inspizierte den oberen Bereich der Sammelbecken, war zufrieden, dass es nichts Auffälliges festzustellen gab und entschloss sich dann, Coxlans Aufzeichnungen weiterzulesen. Er legte die Rollen der spanischen Übersetzung und des Originals der Priesterschrift nebeneinander und verglich den Satz, den er im Spanischen las, mit dem gleichen Satz in Priesterschrift. So versuchte er, sich an die Schriftzeichen zu gewöhnen und jedes Mal, wenn er sich über die Bedeutung eines Zeichens sicher war, vermerkte er dieses samt Bedeutung in seinem ›Wörterbuch‹.

Erik begann, die am Vortag begonnene Schriftrolle nochmals von Anfang an zu lesen, um sich anhand des bekannten Inhalts schneller mit den fremden Zeichen vertraut zu machen. Es entlockte ihm ein breites Grinsen, als er nochmals las, dass Coxlan die letzte Coca-Pflanze ausgegraben hatte. Erik dachte daran, dass mit dem Tod Merrons Frieden auf der Insel eingekehrt war. So erwies Coxlan, ohne dass er es hatte ahnen können, seinem Volk einen großen Dienst.

Nun bin ich doch Maktonatl geworden. In der furchtbaren Nacht nach dem Fest der Vereinigung glaubte ich nicht mehr, dass ich mir jemals das weiße Priestergewand würde überstreifen dürfen. Wir konnten damals ebenso wenig begreifen, was in der Nacht nach dem Fest der Vereinigung passiert ist, wie ich es heute kann.

Wie hätten wir auch verstehen sollen. Wir wussten viel zu wenig von den Fremden. Die Regenzeit hatte begonnen. Wir Novizen verbrachten die Tage meist in der Halle mit unseren Studien. Makkas, der Tollpatsch, hatte eine Schrift in dem Raum vergessen, in dem wir unsere Pflanzen untersuchten. Der 288. Maktonatl schaute Makkas streng an und befahl ihm, sie zu holen. Mein Freund grinste verlegen und verließ die Halle. Plötzlich stürzte er zurück in den Raum, in seinem Gesicht stand Verwunderung und er starrte vor sich hin. Dann kam Leben in ihn. Er fuchtelte mit den Armen und stammelte immerzu: »Da, auf dem Meer, da, auf dem Meer!«

Der Blick des Maktonatl war streng, er glaubte, Makkas wollte einen seiner Scherze machen. Nachdem sich jedoch der erstaunte Blick in Makkas' Gesicht nicht legen wollte, erhob sich unser Meister. Wir folgten ihm alle aus dem Raum und konnten dann Makkas' Erstaunen verstehen. Niemand von uns hatte so etwas je zuvor gesehen. Zwei Boote, viel größer als jene, die wir zum Fischen in der Bucht nutzten, behängt mit großen, weißen Tüchern, näherten sich der Insel.

Alle redeten auf einmal durcheinander und der Maktonatl musste mehrfach ermahnen, ruhig zu sein.

»Coxlan, Makkas, ruft meine Brüder zusammen, wir wollen uns in der Halle treffen. Alle anderen Novizen eilen ins Dorf und mahnen unser Volk, in den Häusern zu bleiben.«

Nur zögerlich kamen wir unseren Aufgaben nach, denn kaum einer konnte seinen Blick von den großen Booten abwenden. Was wir sahen, wurde immer aufregender, je näher die Schiffe kamen. Wir erkannten, dass viele Menschen auf den Schiffen waren, die seltsame Kleidung trugen.

Wie ich aus Erzählungen des 291. Maktonatl weiß, berieten die Priester, wie wir uns verhalten sollten. Wir hatten seit unserer Vertreibung vor 1599 Jahren keine fremden Menschen gesehen. Sollten wir sie einladen, auf unsere Insel zu kommen? Doch alle Priester waren ratlos. Wer waren die Fremden? Woher kamen sie?

Heute, nachdem ich die Schrift des Maktonatl Nokkat gelesen und viel von den Fremden gelernt habe, wüsste ich viel mehr Fragen zu stellen. Doch wir haben alle zu lange glücklich auf unserer Insel gelebt, um uns überhaupt vorstellen zu können, wie wirr und übel diese Welt ist.

Ich habe mich oft gefragt, ob Nokkat gut daran getan hat, dass er nur die Hüter unseres Geheimnisses von der Vergangenheit unseres Volkes wissen ließ. Hätten wir um die Grausamkeiten, die uns in der Vergangenheit begegnet sind, gewusst, wären wir nicht so einfältig gewesen und hätten uns auf die drohenden Gefahren vorbereiten können. Doch was hätten wir tun sollen? Um das Unglück von unserem Volk abzuwenden, hätten wir den Fremden nicht helfen dürfen. Und hätten wir nicht geholfen, hätten wir die Sünde des Teksen begangen. Nun weiß ich, die Entscheidung des letzten Maktan war weise, ebenso wie der Beschluss des Nokkat.

Erik war verwirrt. Wer waren Nokkat, Maktan und Teksen? Weder Calvez noch Sesnar hatten diese Namen jemals erwähnt. Was war die Sünde des Teksen? Insgeheim hatte er gehofft, die Rätsel der Insel durch den Fund des Bewässerungssystems gelöst zu haben. Aber nein, schon stellte sich die nächste Frage. Er las weiter und hoffte, dass die folgenden Sätze Klarheit bringen mochten.

Die Priester berieten lange, doch das Ergebnis ihrer Besprechung war, abzuwarten, was die Fremden tun würden. Als unser Lehrer aus den Hallen kam, hatten die Schiffe bereits die große Bucht erreicht und uns war klar, dass die Fremden uns besuchen wollten. Nur drei Priester und drei Novizen blieben an den Tempeln zurück, die Übrigen eilten ins Tal. Wir beobachteten, wie eines der großen Schiffe auf die Felskante lief und ein Ruderboot auf uns zuhielt. Wir lachten noch darüber, dass das kleine Boot von dem großen Schiff getragen wurde, statt selbst im Wasser zu schwimmen. Dann sahen wir die fremden Menschen und lachten nicht mehr.

Die Männer, die aus dem Boot stiegen, sahen schlimm aus. Haut und Lippen waren aufgeplatzt, die Gesichter mit Pusteln übersät. Sie waren schwach und taumelten mehr, als sie gingen. Ihr Führer, er war daran zu erkennen, dass er auf der Brust Metall trug, war höflich und freundlich. Die Priester erkannten, dass viele der Männer krank waren und riefen unserem Volk zu, den Fremden Wasser und Speisen zu bringen. Die jüngeren Novizen wurden zu den Tempeln geschickt, um Salben und Tinkturen zu holen.

Immer mehr Fremde wurden mit Ruderbooten an Land gebracht und wir waren sehr verwundert, wie viele Menschen auf den Schiffen leben konnten. Wir halfen allen, und jeder unserer Gäste zeigte sich freundlich und dankbar.

Die Menschen unseres Volkes rannten vor Aufregung hin und her. Viele von ihnen schienen nicht glauben zu wollen, dass es außer den Maktonenen noch andere Völker geben könne. Nun waren sie glücklich, dem Gebot der Götter folgen zu können und jedem in Not zu helfen. Auch unter den Priestern und Novizen herrschte Unsicherheit. Seit unserer Vertreibung lebte unser Volk unter sich. Wie sollten wir uns mit den Fremden verständigen, was waren sie für Menschen?

Dem Führer der Fremden, sie nannten ihn de Manoz, gelang es jedoch bald, Zeichen zu machen, die wir verstanden.

Die Priester waren uneinig. Einige sagten, die Fremden seien ungebildet, sie wüssten nicht, wie man Kranke und Verletzte pflegt, sie wüssten nicht, wie man Früchte isst, ihre Kleidung sei zu aufwendig, um praktisch zu sein. Andere waren der Meinung, dass ein Volk, das solche Schiffe bauen kann, etwas Klugheit besitzen müsse.

Je länger wir die Fremden kannten, umso mehr wurde uns klar, dass sie in manchen Dingen dumm waren, jedoch auch über Wissen verfügten, welches uns fremd war. Wie erschrocken waren wir, als uns Annukat eines Tages berichtete, die Fremden würden eine Schrift kennen. Im letzten Moment sei es ihm gelungen zu verhindern, dass der Anführer diese Schrift einem Jungen zeigte. Welch ein Unglück, wenn unser Volk hätte lesen und schreiben können. Dann wäre es nur eine Frage der Zeit gewesen, bis es auch unsere eigene Schrift gelesen und von den Erzählungen des Nokkat erfahren hätte.

Wie erstaunt waren wir, als wir dieses seltsame Gestell sahen, mit dem sich so leicht ein schwerer Stein anheben ließ oder als wir sahen, welch großen Nutzen der Wagen hatte. Es war sicher, wir konnten bestimmt vieles von den Gästen lernen. Welch einen Stolz empfand ich, als mein Freund Makkas und ich ausgewählt wurden, die Sprache der Fremden zu lernen und herauszufinden, über welches Wissen sie verfügten.

Die Sprache unserer Gäste war schwierig, meine Zunge wusste oft nicht, wie sie sich bewegen sollte, um das Wort so auszusprechen, wie es der Anführer der Fremden vormachte. Noch schlimmer war die Schrift. Statt gerader und klarer Linien verloren sich ihre Zeichen in Schnörkel und Kurven. Doch Makkas und ich hatten geduldige Lehrer.

Welch spannende Tage waren dies. Ich erinnere mich noch gern an die Zeit, als Calvez nahezu jeden Tag zu uns kam und uns davon berichtete, wie es auf der übrigen Welt zuging. Niemand wollte glauben, dass es so viele Völker, so große Tempel, so viele Sprachen und so viele Menschen geben sollte. Aber wir wussten, der Admiral war kein Lügner. Wenn ich nach einem solchen Tag abends in meiner Kammer lag, träumte ich von all diesen Inseln, Bergen und Meeren. Manchmal tue ich es heute noch.

Die Priester waren von den Schilderungen ebenso beeindruckt. Der Maktonatl beriet nun mehr und länger mit dem Boten und sie überlegten sogar, ob wir die Fremden bitten sollten, einige Priester und Novizen mit auf ihre Schiffe zu nehmen, damit wir unser Wissen erweitern könnten. Die Welt, die uns beschrieben wurde, war so bunt, so friedlich, dass es uns lockte, die Insel zu verlassen.

Die Priester hielten die Fremden für solch reinen Herzens, dass sie Calvez und seinen Begleitern sogar anbieten wollten, die neunzehn Frauen zum Weibe zu nehmen, die keinen Maktonenen heiraten durften. Seit langer Zeit schon achteten die Priester darauf, dass nicht Mann und Frau gleichen Blutes zusammenfanden, da die Frucht ihrer Liebe krank wäre. Es wurde immer schwieriger Paare zu finden, die nicht einen gemeinsamen Verwandten hatten. Für die unglücklichen neunzehn jungen Frauen war dies sogar unmöglich.

Wären die Herzen unserer Gäste so rein gewesen, wie wir zunächst glaubten, so hätte ihr Blut unser Volk bereichern können. Aber so weit kam es nicht mehr.

Der weiße Anführer der Fremden, den alle Admiral Calvez nannten, war freundlich, ebenso wie seine Gefolgsleute. Mit dem Padre kamen andere unfreundliche Fremde. Der Admiral wurde ernster und erzählte uns etwas von einem Gott, an den er glaube, der es verbiete, Menschen zu töten. Gleichzeitig versuchte er uns zu warnen, dass es Menschen gäbe, die an diesen Gott glaubten und die, obwohl der Gott das Töten verbiete, in dessen Namen anderen Leuten das Leben nähmen. Wie hätten wir begreifen sollen, dass es Menschen gibt, die im Namen eines Gottes kämpften und das Gegenteil von dem taten, was der Gott befahl? Wie hätten wir begreifen können, dass gerade der Lehrer des fremden Glaubens seine Männer zur Sünde aufrief?

Der Abend des Festes der Vereinigung war mild. Die Sterne begannen schon zu glänzen, vor den Tempeln loderten die Lagerfeuer und der Duft von gebratenem Ziegenfleisch wehte bis zu unseren Schlafkammern. Doch nicht nur die Menschen vor den Mauern waren aufgeregt, auch ich war es. Denn, nachdem man dem neuen Maktonatl den Ring der Vereinigung aufgesetzt hatte, erwartete ich, dass man mir das weiße Gewand der Priester überstreifen würde. Ich hatte alle Prüfungen bestanden und mein ehrenwerter Lehrer, Maktonatl Annukat, war voll des Lobes.

Doch zu meiner festlichen Aufnahme in der Priesterschaft kam es nicht mehr. Alle waren angespannt und ergötzten sich an der feierlichen Übergabe des Vereinigungsringes. Plötzlich feuerten die Fremden – wie ich heute weiß – mit Pistolen auf Priester und friedliche Bauern. Niemand von uns kannte eine Pistole und das entsetzliche

Blitzen und Donnern ließ uns alle erschrecken. Alle versuchten wegzurennen, doch die Fremden versuchten, jeden von uns zu töten. Der weise Admiral Calvez stellte sich gegen seine eigenen Männer und versuchte, das Töten zu verhindern. Ich konnte kaum glauben, als ich sah, dass die Fremden sich nicht scheuten, auch ihren eigenen Führer umzubringen. Jeder floh so weit er konnte und versuchte, sich in den Feldern des Tales zu verstecken. Erst später sahen wir, wie die Fremden vom Berg herunterkamen.

Wir selbst stiegen zurück zu den Tempeln, um zu schauen, was tatsächlich passiert war. Niemand von uns konnte sich vorstellen, dass einer der unseren durch Blitz und Donner Schaden genommen hatte. Doch als wir unsere Freunde sahen, mussten wir erkennen, dass alle tot waren.

Vor den Toren fanden wir Akkenana, der erst vor wenigen Stunden zum neuen Maktonatl berufen worden war. Der Ring der Vereinigung lag unter seinem Körper. Annukat nahm den Ring an sich. Wir fanden auch Kapitän Calvez, die Arme immer noch ausgestreckt, wie er den Fremden entgegengerannt war, Augen und Mund vor Entsetzen aufgerissen.

Wir Priester mussten kurz beraten. Admiral Calvez hatte versucht uns zu helfen und sich gegen seine eigenen Männer gestellt, um zu verhindern, dass diese gegen die Gebote ihres Gottes verstießen. Seit Admiral Calvez' Ankunft auf der Insel war er stets freundlich und ehrlich zu uns gewesen. Da er von den Männern verraten worden war, stand bald fest, dass wir auch den Admiral in Ehren den Göttern übergeben wollten und außerdem schenkten wir ihm einen weißen Stein.

Wir Priester wollten zu unseren Tempeln, doch das große Tor war verschlossen und von innen hörten wir die Sprache der Fremden. Die Tempel waren entweiht und keiner der Priester konnte seinen heiligen Aufgaben zum Wohle der Insel nachgehen. Wir trugen die Toten zur Bucht und übergaben sie dort den Göttern.

Die Bauern brachen auf, um jenseits des Tales in den Höhlen Schutz zu suchen. Annukat rief uns Priester und Novizen in der Schutzhöhle unterhalb der Tempel zusammen. Wir stützten und hielten uns gegenseitig fest, als wir den steilen Fels zur Höhle emporkletterten. Wir waren nur noch neun Novizen, vier Priester und ich.

Annukat muss mein betrübtes Gesicht gesehen haben. Er kam zu mir, legte mir die Hand auf die Schulter und sprach:

»Es kommt nicht auf das Gewand an, welches du trägst, du bist ein Priester.«

Ich fühlte mich nur kurz erleichtert, denn die Trauer um den Tod unserer Freunde ließ keine Freude zu.

Ganz besonders beklagte ich, dass mein langjähriger Freund Makkas nicht mehr unter uns weilte. Wie viel haben wir gelacht. Wie viel haben wir miteinander gesprochen. Es war, als fehlte ein Teil von mir.

»Vielleicht ist es sogar gut«, fuhr Annukat fort, »dass du das weiße Gewand nicht trägst. Die Fremden sind keine Bauern. Sie werden verhungern, wenn sie uns alle töten. Ich glaube, sie wollen nur uns Priester töten, die Bauern benötigen sie jedoch für die Feldarbeit. Doch wie sollen sie mit den Bauern sprechen? Du, mein lieber Coxlan, bist der Einzige, der die Sprache der Fremden spricht. Sie werden dich brauchen, um den Bauern zu erklären, was sie machen sollen. Solange du das gelbe Gewand der Novizen trägst, werden sie dich nicht verdächtigen, die Weisheit der Priester zu besitzen. Lass uns einige Tage warten und dann entscheiden, ob du zu den Fremden gehst.«

Am nächsten Morgen stieg einer der Novizen zu den Tempeln, um zu sehen, ob es uns möglich sein würde, zu unseren Heiligtümern zurückzukehren, doch als er zurückkam, schilderte er uns, dass das Tor entweder verschlossen oder von den Fremden belagert sei. Außerdem erzählte er uns, dass die Fremden unsere Schlafräume zerstörten und die Steine die Treppe hinauf zum heiligen Platz trügen. Annukat, als ältester Priester der neue Maktonatl, erschrak ebenso wie die anderen Priester. Nur sie wussten um das Geheimnis des heiligen Platzes.

Die Novizen wunderten sich über die Aufregung, aber die Riten ließen nicht zu, dass wir ihnen das Geheimnis offenbarten. Lange beobachtete Annukat die Sonne, kletterte immer, wenn er sich sicher war, dass kein Fremder ihn sehen konnte, aus der Höhle und schaute hinauf zum Tempelplatz. Im Morgengrauen, wenn die Fremden noch schliefen, ging er zu den Feldern unterhalb der Höhle und untersuchte sie genau.

Zwei Tage grübelte Annukat und schließlich zeichnete er mit den Farben der Jasswurzel ein Rechteck auf eine Wand der Höhle und ordnete an, dass an dieser Stelle und in dieser Größe ein Loch in den Felsen getrieben werden müsse.

Wir hatten in den letzten Tagen beobachtet, dass die Fremden auszogen und die Bauern zurück in das Dorf begleiteten. Es war zu erkennen, dass den Bauern kein weiteres Leid zugefügt wurde und so bestimmte Annukat, dass ich zu den Fremden gehen solle, um mich als Übersetzer anzubieten. Annukat beschwor mich, auf keinen Fall preiszugeben, dass ich Priester sei. Stattdessen sollte ich mich darum bemühen, alles zu tun, um die Fremden davon abzuhalten, unsere Sünde zu entdecken. Wir wussten durch die Erzählungen des Admirals, dass die Fremden auf der Jagd nach dem gelben Eisen waren. Wir waren sicher, die Fremden würden das Werk der Sünde vernichten, um sämtliches gelbes Eisen aus dem Ort der Sünde herauszureißen.

Annukat ließ einige kleine Bäume vor der Höhle aufstellen, damit es aussah, als würden diese dort wild wachsen. Als ich ins Tal abstieg, um mich den Fremden als Übersetzer anzubieten, war ich hocherfreut, dass auch bei scharfem Hinsehen die Höhle nicht zu erkennen war. Als ich mich dem Haus der Fremden, das sie Kaserne nannten, näherte, empfand ich Angst und Hass zugleich. Doch die Götter erhörten meine Bitte und gaben mir Kraft.

Die Soldaten waren unfreundlich zu mir, beschimpften mich als Wilden und ich war froh, als Padre Sesnar erschien. Ich muss heute noch lachen. Als ich zum ersten Mal hörte, dass einer der Fremden sagte, sie seien Soldaten, dachte ich doch tatsächlich, dies sei der Name des fremden Volkes. Ich benötigte einige Zeit um zu verstehen, dass das Wort Soldat eine Bestimmung war, andere zu töten, so wie es meine Aufgabe war, Priester zu werden und für andere die Pflicht war, Bauer zu sein. Padre war auch eine Mission und nicht sein Name, Sesnar führte mich in leere Räume. Er war der Lehrer des fremden Glaubens, dies wusste ich von Admiral Calvez.

Die Geschichte, die Erik las, kannte er zumindest hinsichtlich der Tatsachen und Zeitabläufe bereits durch Sesnar. Auch wenn die Niederschrift Coxlans teilweise umständlich und mit einigen orthografischen Fehlern behaftet war, so ließ sie sich dennoch flüssig lesen. Erik war amüsiert, welchen Geistes- und Zeitaufwand er und die übrigen Priester betrieben hatten, um Sesnar und die spanischen Truppen an der Nase herumzuführen. So war es ein als Bauer verkleideter Novize, der in den am weitesten vom Tempelberg entfernt gelegenen Höhlen Feuer gemacht hatte, damit Coxlan Sesnar und den Soldaten berichten konnte, dies sei der letzte Treffpunkt der

Priester gewesen. Die zügige Bekehrung der Inselbewohner ging darauf zurück, dass nach einem Beschluss der Priester Coxlan alle Inselbewohner beschwor, zwar nicht von dem Glauben an die Götter abzulassen, jedoch um ihr Leben zu retten sich von dem Padre taufen zu lassen.

Coxlan schilderte, wie er erschrak, als ihm Sesnar die Schriftrolle des 121. Maktonatl über dessen Beobachtung der Sterne vorlegte und er mühsam eine Ausrede suchte, warum er diese Schrift nicht lesen könne. Geradezu schelmisch beschrieb Coxlan, wie er das zunehmende Vertrauen Sesnars nutzte, die wertvollen Schriften aus den Ruinen der höheren Tempel zu retten und sie in der Höhle zu verstecken. Das Leid der Novizen und Priester, die in der Höhle arbeiteten, ließ Erik dagegen erschauern.

KAPITEL 8

Erik legte die Rolle weg, zwang sich, zu essen, herumzugehen, an den Körper zu denken. Den Körper, die Knochen. Wieder dachte er an die verschiedenen Religionen, die Ideen übers Weiterleben nach dem Tod. Am liebsten wäre ihm die Variante der Wiedergeburt für Finn. Die Seele in einem neuen Körper; Finns Seele war, nein, ist so hell, so arglos und gut. Mal abgesehen von den schwierigen Phasen der Pubertät, für die der Junge nichts konnte, das machte doch jeder durch. Nicht einmal die Liebe zu einem Mädel durfte er in seinem kurzen Leben fühlen. Nichts davon. Erik kamen die Tränen, jetzt, wo er mit seiner Suche nach dem Sohn abgeschlossen hatte. Er beeilte sich, wieder zu den Schriftrollen zu kommen, ehe ihn erneut Trauer überflutete.

Endlich hatte Sesnar mit seinen Erzählungen über Glauben geendet. Egal, wie oft er sie mir erzählte, sie konnten mich nicht überzeugen. Als ich die Kaserne endlich verlassen konnte, lief ich zu den Lagerräumen im Dorf, griff einige Vorräte zusammen und eilte in der aufkommenden Dunkelheit zur Höhle.

Ich bedauerte meine Brüder und Novizen. Sie konnten nur nachts arbeiten, da fast jeden Tag Soldaten an der Höhle vorbeizogen und den Lärm der Arbeiten hätten hören können. Die Steine mussten kleingeschlagen und im Tal verteilt werden, da es zu auffällig gewesen wäre, wenn wir den ganzen Abraum einfach auf eine Stelle geschüttet hätten. In der Höhle war es staubig und eng und wenn sich meine Brüder tagsüber zum Schlafen legten, war es warm und stickig. Der Stein war hart und unser Werkzeug sehr weich. Selbst in guten Nächten konnten meine Brüder den Weg zu unserem Heiligtum nur um einen halben Fuß weitertreiben.

Meine Brüder, die sonst ebenso wie ich gewohnt waren, nahezu den ganzen Tag unter freiem Himmel unseren Göttern zu dienen, litten sehr, dass sie Tag um Tag und Nacht um Nacht in der Höhle ausharren mussten. Ihre Gesichter waren fahl und staubig, ihre Wangen eingefallen. Ich trug so viel Wasser, wie es mir möglich war, zu der Höhle, damit sich meine Brüder waschen konnten und ausreichend zu trinken hatten. Doch ich machte mir Vorwürfe, dass meine Kräfte erlahmten und es mir nicht gelang, ein weiteres Mal in der Nacht Wasser und Vorräte zur Höhle zu bringen.

Immer wieder hoffte ich, nicht mehr zu den Soldaten zurück zu müssen, um meinen Brüdern besser helfen zu können. Doch der Maktonatl wies meine Bitten diesbezüglich zurück. Die Höhle sei sowieso zu eng und durch einen weiteren Mann wäre für alle noch weniger Platz. Ohnehin könnten immer nur drei Mann den Weg vorantreiben und wenn sich die Versteckten regelmäßig ablösten, so sei die Arbeit nicht zu anstrengend. Sollte ich mich nun auch noch vor den Fremden versteckt halten, gäbe es niemanden mehr, der meine Brüder mit Wasser und Vorräten versorgen könnte, denn – das wusste ich selbst – wir mussten unser Wissen um das Heiligtum vor den Bauern und den Fremden wahren. Ich wusste, dass der

Maktonatl recht hatte, doch ließ mich das Leid meiner Brüder nicht zur Ruhe kommen.

Erik schloss die Augen und versuchte, sich die Lage vorzustellen. Er konnte gut ermessen, dass dreizehn Mann in dieser kleinen Höhle unendlich leiden mussten. Doch er verstand die Selbstzweifel Coxlans nicht. Fünfmal pro Nacht, voll beladen mit Vorräten und Wasser für Priester und Novizen, den Berg aufzusteigen, schien Erik ebenfalls eine nahezu unmenschliche Leistung. Er fragte sich, ob und wann Coxlan jemals Zeit zum Schlafen gefunden hatte. Erik las weiter und Coxlan beschrieb, wie der Stollenbau geplant war.

Meine Brüder hatten ein gleichmäßiges Loch in den Felsen getrieben, das etwa einen Schritt tief war. Annukat fand nun, dass die Männer nur nach links, nach rechts und nach oben weiterarbeiten sollten, sodass zuletzt in der Mitte ein Fels stehen blieb, der später dazu dienen sollte, den gegrabenen Gang zu verschließen. Meine Brüder mussten genau arbeiten, denn Annukat wollte, dass das spätere Tor zu unserem Geheimgang so exakt in den Felsen passte, dass niemand, insbesondere nicht die neugierigen Fremden, erkennen konnten, dass es ein Tor sei.

Dennoch sorgte sich Annukat, weil viele Spuren zurückblieben, die auf das versteckte Tor hinweisen könnten. Die gebrochenen Steine, die stets über den Boden geschoben und gezogen wurden, hatten bereits eine kleine Rinne im Boden hinterlassen. Doch die

Höhle war eng und es gab keine andere Möglichkeit, die Steine aus der Höhle zu entfernen.

Je tiefer meine Brüder den Stollen trieben, umso schlechter wurde die Luft zum Arbeiten. Der Staub, der beim Brechen der Steine entstand, zog nicht mehr so gut ab und viele meiner Brüder litten unter einem ständigen Husten. Der Novize Monatak klagte über Schmerzen in der Brust und konnte einige Tage nicht bei den Arbeiten helfen.

Wir waren uns schon lange darüber im Klaren, dass die Wächter unseres Heiligsten nicht mehr am Leben waren, sonst wären sie längst zu uns gestoßen. Offensichtlich hatten sie sämtliche Tore verschlossen, denn die Felder an der Vereinigung blieben trocken und wir wussten alle, dass die Ernte mager ausfallen würde. Es fiel mir immer schwerer, unauffällig genügend Nahrung für meine Brüder zu sammeln.

Selbst wenn meine Brüder gewaschen waren, sahen sie erbärmlich aus. Die Gesichter waren eingefallen und da sie seit Monaten keine Sonne mehr gesehen hatten, war die Haut blass und fahl und über und über mit entzündeten Pickeln und Wunden übersät. Auch wenn die Novizen nicht wussten, warum sie den Stollen graben mussten, so waren sie doch stolz auf ihre Arbeit und darauf, dass sie täglich Stück für Stück vorankamen.

Annukat mixte Tinkturen, trug sie unseren Brüdern auf die Haut auf, doch brachten sie immer nur kurze Linderung, bevor die kranke Haut vom Staub und der schlechten Luft in der Höhle erneut gereizt wurde. Die Augen meiner Brüder waren rot und kaum einer vertrug es, wenn die Büsche vor der Höhle weggeschoben wurden, um frische Luft hineinzulassen.

Während Erik die Beschreibung über das Leid der Priester und Novizen las, hatte er das Gefühl, selbst Schmerzen zu erleiden und es juckte ihn am ganzen Körper. Während er sich mit der Hand durch das kratzige Gesicht strich, wurde er sich bewusst, dass er sich seit drei Tagen nicht mehr richtig gewaschen und rasiert hatte. Er war gefangen von der Darstellung Coxlans. Jede Seite, die er las, warf mehr Fragen auf, als sie beantworten konnte. Warum hüteten die Priester die Höhlen als Geheimnis auch gegenüber dem eigenen Volk? Warum sprach Coxlan stets von dem Ort der Sünde, wenn er die Höhlen beschrieb? Die Höhlen und die Möglichkeit, die Felder zu bewässern, mussten aus der Sicht Eriks ein Segen für die Insel sein.

Er war neugierig auf jede neue Schilderung und wäre mit dem Lesen gern schneller vorangekommen. Aber sein langsames Lesetempo lag weder an der Schrift noch am Schreibstil Coxlans, Erik wollte sich zwingen, auch die Schrift der Inselpriester zu lernen. Sein Wörterbuch war mittlerweile auf mehrere Seiten angewachsen und er fühlte den Stolz, bereits drei Sätze zuerst in der Schrift der Inselpriester gelesen und verstanden zu haben, bevor er sie anhand der Übersetzungen Coxlans überprüfte.

Als Erster verstarb der Novize Monatak. Tagelang quälte ihn ein schrecklicher Husten, er spuckte Blut, bevor ihn die Götter zu sich riefen. So sehr sich Annukat und die anderen Priester bemühten, sie konnten Monatak nicht heilen. Immer wieder beklagten sie, dass sie nicht zu ihren Heilpflanzen konnten. Dem Novizen Xaktse fiel, als er im Stollen arbeitete, ein loses Stück Fels auf den Kopf. Er litt drei Tage, ehe ihn die Götter riefen.

Einmal fragte der Novize Monatse, warum wir die Fremden nicht vertreiben, gar vergiften konnten, da es dann den Priestern, aber insbesondere den Bauern besser gehen würde. So wie ich es immerwährend meiner Zeit als Novize gehört hatte, antwortete Annukat auch ihm: »Die Hüter unseres Heiligsten haben die Schriften des Maktonatl Nokkat gelesen. Wenn du einmal Hüter des Heiligsten wirst, wirst du auch die Schriften lesen können und verstehen. So lange werden wir nicht gegen die Gesetze unseres Volkes verstoßen, so lange werden wir keine Menschen töten.«

Nun habe ich die Schriften des Maktonatl Nokkat studiert. Von welch einem Grauen, welch einer Sünde, welch einer Trauer musste ich erfahren. Doch erst jetzt verstehe ich den Willen der Götter und warum uns dieses Schicksal bestimmt ist.

Erik las die letzten Sätze mehrmals. Schon wieder dieser Maktonatl Nokkat. Was hatte er geschrieben, dass seine Schriften ein solches Geheimnis waren? Er las weiter in den Aufzeichnungen Coxlans, fand jedoch keine weiteren Hinweise.

Stattdessen beschrieb Coxlan sein Entsetzen, als er das erste Mal nach dem Angriff der Spanier auf den Berg der Vereinigung durfte. Er beklagte das Kreuz als ein lächerliches Symbol und seine tiefe Trauer um die Hüter des Heiligsten, deren Ausgang durch die Felsen des Kirchenbodens versperrt war. Er beschrieb, wie Priester und Novizen, gezeichnet von Anstrengungen, Krankheiten und Verletzungen, starben.

Coxlan schilderte, wie glücklich er war, als endlich der Durchbruch zu dem Stollen gelungen war. Doch nur noch zwei Novizen und drei Priester fanden Schutz in den Räumen der Sünde. Alle anderen waren verstorben.

Als hätten die Priester und Novizen nicht bereits genug gelitten, ereilte sie bald das nächste Unglück. Bereits im folgenden Jahr starben die beiden Novizen. Während der Regenzeit befanden sie sich am untersten Becken. Coxlan beklagte, dass dort die Überlaufverbindungen zu klein seien, da stets Wasser die Treppe hinunterfließe. Einer der Novizen rutschte aus und stürzte. Der andere Novize wollte ihn festhalten, kam jedoch auch zu Fall. Beide konnten sich nicht mehr halten. Die Wassermaßen im Becken erfassten sie und spülten sie zu den Kaskadenausgängen. Bald darauf starb auch der dritte Priester an Altersschwäche und nur Annukat und Coxlan blieben zurück.

KAPITEL 9

Erik stand vom Schreibtisch auf und erschrak, als seine Knochen lahm und seine Beine schwach waren.

Bereits am Vortage hatte es aufgehört zu regnen und er hatte sich am Morgen vorgenommen, die Zuflüsse zu den Becken zu verschließen. Dann hatte er sich aber entschlossen, nur noch ein kurzes Stück zu lesen und jetzt war es schon später Nachmittag und er hatte keine Lust, noch einmal den anstrengenden Weg nach unten zu den Kaskadenausgängen hinabzusteigen, um alle Zuflusssysteme abzustellen. Er schloss nur jene, an denen er vorbeikam. Außerdem verspürte er mittlerweile starken Hunger und ihm wurde beim Anblick der letzten geräucherten Wurst klar, dass er sich dringend um Vorräte bemühen musste.

Er entschloss sich, ins Tal und anschließend in seine Hütte zu gehen, sich um sich selbst und seine Vorräte zu kümmern. Darüber hinaus belegte er sich mit einem Verbot über drei Tage, ehe er in das Höhlensystem zurückkehren durfte.

Mit einem fast leeren Rucksack stieg er zu dem Verbindungsstollen, stellte auf dem Weg dorthin die Zuflüsse ab, öffnete das Tor vom Verbindungsstollen zur Höhle und schloss es hinter sich wieder. Er hielt es nicht für nötig, das Tor zu verriegeln, räumte jedoch noch einige herumliegende Steine davor, damit es ungefähr so aussah wie damals, als er die Höhle entdeckt hatte.

Er streckte den Kopf aus der Höhle, fuhr jedoch erschrocken zurück. Auf dem Feld unterhalb des Eingangs hatten sich wohl fünfzig Bauern versammelt, und wie Erik mit seinem kurzen Blick ausmachen konnte, prüften sie die Qualität des Bodens. Erik versuchte zu lauschen, doch die Distanz war zu groß. Einmal glaubte er, das Wort Tomate vernommen zu haben, doch sicher war er sich nicht. Obwohl gut zwanzig Meter vom Eingang der Höhle entfernt, fühlte sich Erik durch die Anwesenheit der Bauern bedroht und bedrängt. Schlimmer noch empfand er, in seiner Bewegungsfähigkeit eingeschränkt zu sein und in der Höhle abwarten zu müssen.

Er lehnte sich an die kühle Steinwand und versuchte, ruhig zu atmen. Am liebsten wäre er zum Höhleneingang gekrochen und hätte die Bauern verscheucht.

Endlich stellten die Bauern ihr Palaver ein und Erik hoffte, nun ungestört die Höhle verlassen zu können, doch er hatte sich geirrt. Die Bauern waren lediglich zum nächsten Feld abgestiegen, prüften dort den Boden und führten die gleiche Diskussion, die er schon zuvor erlebt hatte. Es schien Erik eine Unendlichkeit zu dauern, bis die Bauern auch auf dieser Terrasse ihre Gespräche einstellten und hinab zum nächsten Plateau stiegen.

Die Dämmerung setzte bereits ein, als die Bauern die Prüfung der Felder endlich beendeten und er sich aus der Höhle traute. Für einen Einkauf in der Stadt schien es Erik inzwischen zu spät, daher schlug er den Weg ein, der um den Ort herumführte, und erreichte mit dem letzten Tageslicht sein Ferienhaus.

Nach einer Dusche und einer gründlichen Rasur fühlte sich Erik zwar körperlich wohler, seine Gedanken kamen jedoch nicht zur Ruhe. Ständig malte er sich aus, irgendjemand könne den Zugang zur Höhle finden und sein Geheimnis entdecken. Er lief ruhelos im Zimmer auf und ab und fragte sich, was er hier effektiv tat.

Er schloss die Augen und sah vor sich die Regale mit den Schriftrollen. Er schätzte, dass es an die dreitausend Rollen sein mussten und dachte daran, dass sein Leben nicht lang genug sein würde, um sämtliche Rollen zu lesen. Erschrocken kam ihm zu Bewusstsein, dass seine Zeit auf der Insel bald endete. Er konnte ja nicht ewig in dem gemieteten Ferienhaus wohnen bleiben, oder? Die Geheimnisse der Priester würden zurückbleiben, unentdeckt, während er in Oberndorf saß. Er dachte einen kurzen Moment an seine Kinder und seine Ex-Frau. Die Kinder waren erwachsen und würden ihn kaum vermissen. Auch um Stella musste er sich keine Sorgen machen und in einem Moment der Verbitterung sagte er sich, dass es Stellas eigenes Problem sei, wenn sie sich um ihn sorgte, denn immerhin war sie es, die ihn verlassen hatte.

Von daher sprach nichts dagegen, seinen Aufenthalt auf der Insel zu verlängern, gar den Rest seines Lebens auf dieser Insel zu verbringen. Allerdings müsste er die Möglichkeit bekommen, ein kleines Haus auf der Insel zu kaufen. Nachdem Paco ihm bereits erklärt hatte, dass es auf dieser Insel mit Ausnahme des eigenen Hauses kein Eigentum gäbe. Mit Sicherheit hatte er als Tourist keine Chance, ein Haus, zum Beispiel das, in dem er jetzt lebte, zu erwerben. Er berechnete, dass es ihm möglich war, das Ferienhaus dauerhaft anzumieten. Wenn er sein Haus in Oberndorf vermieten würde, so war er sich sicher, würde dies einen höheren Mietertrag bringen, als er monatlich für die Anmietung dieses Ferienhauses aufzuwenden habe.

Erik war überzeugt, dass es auch keine Probleme bereiten würde, eine entsprechende Aufenthaltsgenehmigung zu erlangen. Zur Erklärung für seinen Aufenthalt könnte er weiterhin angeben, er schriebe einen Roman über die Insel. Tatsächlich hätte er, nachdem er das Höhlensystem entdeckt hatte, ausreichend Romanstoff. Es war nun keine Lüge mehr, die er Paco zu Beginn erzählt hatte. Vielleicht, schoss ihm durch den Kopf, könnte er sich auch ein Ferienhaus mieten, welches näher am Tempelberg lag, sodass ihm die weiteren und zeitaufwendigen Wanderungen zwischen Höhle und Haus erspart blieben. Aber unabhängig davon, als was er sich ausgab, auf der Insel kannte jeder jeden und als ›neuen Inselbewohner‹ würden sie ihn im Auge behalten. Dann war es nur eine Frage der Zeit, bis sie hinter sein Geheimnis kamen.

Den Verdacht, dass er auf Dauer von den Inselbewohnern überwacht werden würde, bekam Erik am nächsten Morgen bestätigt, nachdem er sich verschwitzt aus dem völlig zerwühlten Bett gequält hatte. Erik hatte gerade seinen Morgenmantel übergezogen, als es an der Tür klopfte. Er vermutete Paco als Störenfried und tatsächlich blickte er beim Öffnen der Tür in dessen Gesicht.

Erik zwang sich zur Höflichkeit, auch wenn ihm der Besuch Pacos überhaupt nicht passte. Wie befürchtet, erkundigte sich dieser mehr oder weniger neugierig, was er in den letzten Tagen gemacht habe. Erik fand, dass die Idee, definitiv den erfundenen Roman zu schreiben, einen gewissen Charme hatte. Daher erzählte er, er habe, nachdem er die Inselchronik gelesen habe, die Idee für den Roman verfestigt und sei daher in den letzten Tagen an verschiedenen Ecken der Insel gewesen, um sich ein genaueres Bild zu machen.

Es war, als habe Erik in ein Wespennest gestochen. Paco überhäufte ihn mit Fragen, worum es nun genau in seinem Roman über die Insel gehe, um welches Thema es sich handle. Erik hielt sich bedeckt. Wahrscheinlich werde es ein Fantasy-Roman, mehr wolle er jedoch nicht sagen. »Aberglaube von Schriftstellern, dass womöglich nichts draus wird, wenn man drüber redet«, er zwinkerte Paco zu.

Der war sichtlich verstimmt, dass er trotz seiner bohrenden Fragen keine weiteren Informationen aus Erik locken konnte. Fast trotzig fragte er: »Schreiben Sie wenigstens, dass die Kaskaden wieder erschienen sind?«

Erik war wie elektrisiert. Natürlich wusste er, dass die Wasserfälle geflossen sein mussten, jedoch hatte er keine Ahnung, welchen Anblick dies vom Tal aus bot, und wie die Menschen darauf reagiert hatten.

»Die Kaskaden sind erschienen?«

»Ja! Haben Sie die Kaskaden nicht gesehen?«

»Nein, ich habe mich in den letzten Tagen fast nur hier auf dem Berg aufgehalten und bin umhergewandert«, log Erik. Es schien ihm, als wolle Paco ihn ausfragen. Erik hatte ihm Kaffee gereicht und hing an Pacos Lippen und wartete auf dessen Erzählung. Doch Paco nippte zuerst an dem Kaffee, zog die Stirn in Falten, holte tief Luft und begann dann mit einem langgezogenen »Aaaalso.«

Erik fasste sich äußerlich in Geduld und ließ sich seine brennende Neugier nicht anmerken.

»Also, es war vor drei Tagen, nachdem ich Sie das letzte Mal gesehen hatte. Sie wissen, dass es heftig zu regnen begann. Das wissen Sie doch?«

Erik nickte mit gezügelter Geduld.

»Fast alle Einheimischen waren in ihren Häusern. Sie müssen wissen, in der Hauptregenzeit, wenn der Regen besonders heftig fällt, gibt es auf den Feldern und in den Plantagen nichts zu tun. Wir arbeiten dann zu Hause, trocknen oder lagern Obst und Gemüse, sodass wir uns einen Vorrat bis zur nächste Ernte anlegen können.«

Das interessierte Erik weniger, aber Paco brauchte anscheinend seinen Auftritt.

»Auch ich war an diesem Tag zu Hause. Bei so schlechtem Wetter will niemand, auch kein Tourist, sein Haus verlassen. Ich habe nur am Morgen noch etwas Wasser von der Quelle geholt, freute mich ansonsten nur darüber, im Warmen und Trockenen zu sitzen. Wenn der Regen während der Regenzeit stark fällt, hört es sich im Haus immer an wie ein leichtes Rauschen. An dieses Rauschen haben wir uns gewöhnt, doch plötzlich wurde das Rauschen lauter, es hatte etwas Donnerndes. Ich schaute aus dem Fenster, um nachzusehen, ob etwa besonders starker Regen fallen würde. Dies war nicht der Fall. Aber auch meinem Nachbarn, Ramo, den ich seit meiner Kindheit kenne, Sie müssen wissen, wir haben immer in der Bucht nach Muscheln gesucht …«

Erik spürte, wie sich seine Nackenhaare aufstellten.

»… schien das donnernde Rauschen aufgefallen zu sein. Er stand ebenfalls am Fenster und schaute hinaus, und als er mich bemerkte, zuckte er mit den Schultern. Ich sah, dass aus einigen anderen Häusern Menschen auf die Straße strömten und sich umsahen. Deshalb ging ich auch hinaus, denn ich fürchtete, dass durch den starken Regen vielleicht eine Schlammlawine vom Kaskadenberg herunterfließt, doch als ich zum Berg hinaufschaute, stellte ich erfreut fest, dass von dort, anders als sonst die Jahre, kein Wasser herunter zum Dorf lief. Alle hörten das seltsam donnernde Rauschen, doch niemand wusste, woher es kam. Sie müssen wissen, in den engen Gassen von San Cristobal ist es zum Teil schwierig festzustellen, woher ein Geräusch kommt. So gingen wir los, obwohl der Regen uns mittlerweile bis auf die Haut durchnässt hatte. Manch einer rief, das Rauschen käme von Süden, andere glaubten, es käme von Norden. Glauben Sie mir, es herrschte ein ziemliches Durcheinander. Sie glauben mir doch, oder?«

Erik nickte.

»Also, immer mehr Leute strömten aus den Häusern und schlossen sich uns an. Plötzlich begann Rosalia, das ist die Tante meines besten Freundes, laut zu schreien und zum Kaskadenberg zu deuten. Da sahen wir alle die Wasserfälle. Wir eilten auf die Landzunge, kletterten auf die Felsen und sahen, wie sich die Kaskaden in die Bucht ergossen.« Paco nippte an seinem Kaffee.

»Und weiter«, bohrte Erik nach.

»Wir waren alle ganz still. Viele von uns hatten mittlerweile gedacht, dass die Geschichte von den Wasserfällen ein Märchen sei. Niemand wollte wirklich glauben, was er sah. Antak, einer unserer Ältesten, fiel plötzlich auf die Knie und sprach aus, was wohl viele dachten: Die Götter sind zurück … und immer mehr Menschen fielen auf die Knie und starrten ehrfürchtig auf den Berg. Wir erschraken, als die Wasserfälle plötzlich versiegten. Wir warteten noch eine Weile und gingen dann betroffen nach Hause. Doch viele Familien trafen sich mit ihren Freunden und auch ich betete mit meinen Eltern und Verwandten, dass die Kaskaden wieder sprudeln mögen. Und tatsächlich, zwei Tage später ergossen sich die Kaskaden erneut in die Bucht und versiegten erst, als die Regenzeit zu Ende ging. Zum ersten Mal, soweit meine Großmutter sich erinnern konnte, gab es keine Überschwemmung des Dorfes und keine Erdrutsche. Die Ältesten sagten, dass nach der Überlieferung die Terrassen am Tempelberg als Garten genutzt werden konnten, wenn die Kaskaden erschienen. Deshalb begannen die Bauern zu beratschlagen, wie sie die Felder bestellen könnten. Fast alle im Ort sind froh und glücklich und lediglich der Padre zürnt. Zum Gottesdienst letzten Sonntag erschienen wohl nur sehr wenige Menschen in der Kirche, und der Padre beschimpfte uns, Heiden zu sein.« Bei diesen Worten zuckte Paco abfällig mit den Schultern und es war ihm anzumerken, dass er den Beschimpfungen des Padre keine größere Bedeutung zumaß. Er schaute auf die Uhr. »Oh, ich bin sehr spät. Ich muss nun zum Hotel und dann in die Stadt. Wollen Sie wieder mitfahren?«

Erik zog sich schnell an, packte seinen Rucksack mit den leeren Flaschen, die er an der Quelle füllen wollte, und fuhr mit zum Hotel. Auf dem Weg dorthin unterhielten sie sich noch weiter über das plötzliche Erscheinen der Kaskaden, und Erik wurde klar, welch große Hoffnung die Inselbewohner in diese Erscheinung setzten. Erik fühlte eine schwere Verantwortung auf seinen Schultern lasten.

Paco berichtete weiterhin, dass auch ein Kamerateam aus Spanien das Naturschauspiel der letzten Tage aufgenommen habe und dass der Ältestenrat die Bitte eines Instituts, die Wasserfälle erforschen zu dürfen, wahrscheinlich ablehnen werde.

An der Quelle füllte Erik seine Wasserflaschen und blickte aufs Meer. Mit jeder neuen Flasche, die er abfüllte, reifte in ihm die Entscheidung. Er hatte Hoffnung in die Welt gesetzt, etwas angefangen, und durfte sich nunmehr der Verantwortung nicht mehr entziehen. Im Ort kaufte er genügend geräucherte Würste und getrocknete Kräuterbrötchen, die nach traditioneller Art der Insel später in einer Suppe aufgeweicht wurden, einen Schlafsack und eine Luftmatratze. Dazu einige Dosensuppen und zwei Gaskartuschen, einige Bleistifte und einen Block. Dies alles packte er in seinen Rucksack, bis der randvoll war und sich kaum mehr heben ließ, dann verabschiedete er sich vom Verkäufer.

Gemütlich ging er zum Fuß des Berges der Vereinigung. Wenn er an diesen Berg dachte, nannte er ihn, seit er Coxlans Schriften gelesen hatte, nur noch den Berg der Vereinigung. Er weigerte sich, den früheren Namen Tempelberg oder Kaskadenberg zu verwenden. Er saß da, zufrieden mit seinem Entschluss, und wartete, bis die letzten Bauern, die wieder die Felder am Berg der Vereinigung bestellen wollten, ins Tal zurückgekehrt waren.

Er wanderte mit gleichmäßigem Schritt zur Höhle, schaffte seine Vorräte in die vier Gänge, von dort in die zwei Räume unterhalb des Gipfels. Anschließend stieg er hinab zu den Ausgängen der Kaskaden, öffnete jeweils für kurze Zeit die Zuflüsse für die Bewässerungsbecken, bis nach seiner Überzeugung genügend Wasser auf die Felder gelangt war.

Nachdem er diese Arbeit beendet hatte, packte er aus seinem Rucksack die zwei Decken, die er sich aus dem Ferienhaus ausgeliehen hatte, schlich sich aus der Höhle und trat den Weg Richtung Ferienhaus an.

Die Dunkelheit schreckte ihn nicht. Er empfand den Berg als Freund, als Verbündeten und war ihn mittlerweile so oft auf- und abgestiegen, dass er glaubte, jeden Stein zu kennen. Er erreichte den Fuß des Berges, bog gleich in die Plantagen ab und erreichte das Haus, als der Morgen bereits zu grauen begann. Obwohl er seit fast zwanzig Stunden wach war, fühlte er keine Müdigkeit, lediglich Erleichterung, dass er einen Entschluss gefasst hatte.

Er setzte sich nieder, schrieb je einen Brief an seine Kinder und Stella, in denen er ankündigte, dass er nicht nach Hause kommen werde. Er bat, sein Haus zu vermieten und das eingehende Geld auf sein Girokonto anzuweisen. Er versicherte, dass er bei bester Gesundheit sei, sich niemand um ihn sorgen müsse und er sich spätestens in einem halben Jahr wieder melden werde. Mehr Informationen wollte er nicht geben aus Angst, Stella und die Kinder könnten nach ihm suchen.

Er verstaute seine Kleidung und sonstiges Hab und Gut in dem Rucksack, die vielen Bücher ließ er jedoch zurück und versetzte die Hütte in den Zustand, in dem er sie bei seiner Ankunft vorgefunden hatte. Wie Erik erwartet hatte, erschien auch im Laufe des Vormittages Paco. Sie plauschten über verschiedene Belanglosigkeiten und Erik erzählte ihm, dass er noch einige Tage wild campen wolle und bat Paco, ihn nicht zu verraten.

Er erklärte ihm, dass er ihn nicht zur Heimreise abholen müsse, da er selbst zum Flugplatz laufen wolle. Dann fuhr er mit ihm in die Stadt.

Paco klagte etwas, dass die Busreisen zum Kaskadenberg eingestellt werden sollten. Die Rampen, die für den Bus aufgeschüttet worden waren, sollten entfernt werden, damit wieder mehr Ackerfläche zur Verfügung stünde. Allerdings räumte Paco ein, dass es auf dem Berg auch nichts Besonderes zu sehen gäbe. Und wer die alte Kapelle und die herrliche Aussicht genießen wolle, der müsse sich nunmehr der Mühe unterziehen, nach oben zu laufen. Erik nickte zustimmend. Im Dorf verabschiedete sich Erik herzlich von Paco und überließ ihm ein mehr als beachtliches Trinkgeld.

Er gab seine Briefe auf und verbrachte den Rest des Tages bis zur Abenddämmerung dösend am Fuß des Berges. Dann stieg er zur Höhle auf und als er den Verbindungstunnel erreicht hatte, schloss er den Riegel zum Felsentor ab. Er brachte seinen Rucksack nach oben, kletterte zu den Kaskadenausgängen, um seinen Pflichten bei der Bewässerung der Äcker nachzugehen. Es war nach Mitternacht, doch Erik fühlte sich noch nicht müde. Er verhängte die Lichtschächte mit Schlafsack und Decken, zündete die kleine Gaslampe an und las weiter in den Aufzeichnungen Coxlans.

KAPITEL 10

Mir fällt es immer schwerer, die Aufgaben, die mir die Götter zuwiesen, ordentlich zu erfüllen. Mir fehlen meine Freunde und Brüder, die Menschen unseres Volkes, mit denen ich sprechen und lachen, meine Sorgen und Freuden austauschen kann. Wenn ich mich manchmal zur Höhle schleiche und die Bauern auf ihren Feldern lachen höre, werde ich traurig. Es ist nicht die Arbeit, die mir Mühe bereitet, es ist die Einsamkeit. Aber ich darf nicht mehr zu unserem Volk gehen, denn ich kenne die Sünde des Teksen und könnte mit diesem Wissen Unglück über unsere Herzen bringen.

Manchmal quält mich auch die Neugier, was auf unserer Insel geschehen ist. Die seltsamen Dinge, die ich manchmal im Geheimen beobachtet habe, kann ich nicht verstehen. Vor einigen Tagen habe ich gesehen, wie sich Hauptmann Merron von dem Felsen stürzte. Ich zähle auch weniger Soldaten, als es früher gewesen sind. Der Padre scheint sich mit unserem Volk auszusöhnen und lässt die Kaserne abreißen. Er baut neue Häuser in unserem Dorf. Mussten wirklich alle Novizen und Priester sterben, bevor der Padre endlich versteht, dass wir ein friedliches Volk sind? Warum dieser Sinneswandel bei den Fremden? Wo bleiben die Schiffe der Fremden, die

Tauschgüter und neuen Soldaten? So viele Fragen und ich erhalte keine Antwort.

Immer, wenn ich glaube, den Verstand zu verlieren und meinen Glauben auch, lese ich in den Weisheiten des Nokkat. Sie geben mir Kraft und neuen Mut. In meiner Enttäuschung, dass die Fremden unseren Glauben und unsere Kultur auslöschen wollen, dachte ich einmal darüber nach, wie ich die Fremden für immer von der Insel vertreiben könnte. Ich dachte daran, einen Gifttrunk anzusetzen. Aber die Schriftrollen des Nokkat öffneten mir die Augen, dass dies der zweite Fehler der Priester gewesen wäre.

Was war die erste falsche Entscheidung? Erik lehnte sich zurück, ging die Schriften, die er bereits gelesen hatte, in Gedanken nochmals durch, konnte sich jedoch nicht daran erinnern, bereits etwas von einer Fehlentscheidung der Priester gelesen zu haben.

Das Gaslicht begann zu flackern, die Kartusche würde bald leer sein. Erst jetzt fiel Erik auf, dass durch einen Schlitz der Decke bereits Tageslicht schien. Er nahm den Lichtschutz von den Schächten und blinzelte dem Tag entgegen. Er sah den langen Schatten des Berges der Vereinigung auf dem Meer tanzen. Die Sonne musste gerade aufgegangen sein. Er fühlte sich nicht müde und würde ohnehin keinen Schlaf finden, sondern stets an die Geschichte Coxlans denken.

Schnell bereitete er sich einen Kaffee, nahm ein Fladenbrot mit Würstchen zu sich und saß bereits zwanzig Minuten später wieder über den Schriftrollen des letzten Maktonatl. Doch weitere Erklärungen zum ersten Fehler der Priester fand er nicht. Stattdessen beschrieb Coxlan die Eintönigkeit seines Alltages.

Seit wir den Zugang zu unserem Geheimnis gegraben haben, habe ich viel in den alten Schriften gelesen. Ich glaube, dass ich fast alle Rollen studiert habe. Als Annukat die Götter noch nicht besucht hatte, konnte ich meine Gedanken mit ihm austauschen, doch seit er gerufen wurde, vergehen die Tage langsam. Ich glaube nicht, dass mir der Padre das Leben nehmen würde, dennoch traue ich mich am Tage nicht aus den Höhlen. Nur früh am Morgen und am Abend, wenn die Bauern nicht auf den Feldern sind, beobachte ich aus einem Versteck, was in unserem Dorf geschieht.

Ich freue mich auch, dass es keinen Streit zwischen den Fremden und unserem Volk gibt. Dennoch sorge ich mich. Was wird aus dem Volk der Maktonenen? Wie lange werden sie ihre Sprache, ihre Gesänge und ihren Glauben pflegen? Ich kann nur auf die Weisheit der Götter vertrauen.

Manchmal stehe ich an den Felslöchern und schaue auf das Meer. Wenn ich das Meer lange ansehe, verschmelzen meine Augen mit den Wellen und bald habe ich das Gefühl, dass mein ganzer Körper mit dem Meer verschmolzen ist, dass ich ein Teil des Meeres bin. Dann fühle ich mich leicht, alle Sorgen und Ängste sind von mir genommen.

Erik versuchte, sich die Langeweile vorzustellen, mit der Coxlan hatte leben müssen. Unwillkürlich erinnerte die Beschreibung Coxlans ihn an seine ersten Tage auf der Insel – nichts zu lesen, niemanden zum Sprechen und die Ungewissheit seiner Zukunft. Erik las weitere Beschreibungen Coxlans über den Verlauf einiger Sterne,

ohne sie zu verstehen, da ihm die Sternenbezeichnungen der Maktonenen nicht bekannt waren und Coxlan wiederum nicht wusste, wie
die spanische Bezeichnung der Sterne im Einzelnen lautete.

Die Dunkelheit senkte sich erneut herab, Erik tauschte die Gaskartusche aus und las weiter. Erst um elf Uhr nachts brannten seine
Augen so sehr, dass er nicht mehr an den Schriften arbeiten konnte.
Er legte sich todmüde auf die Liegebank, streckte sich und fiel in
einen traumlosen Schlaf.

Er erwachte im Morgengrauen und hatte dumpfe Kopfschmerzen,
konnte sich nicht erklären, warum. Er versuchte sich zu orientieren
und erschrak, als er erkannte, dass er in der oberen Priesterkam-
mer geschlafen hatte. Er versuchte zu erfassen, was er in den letzten
Tagen getan, welche Entscheidungen er gefällt hatte.

Eine gewisse Beunruhigung überkam ihn, als er sich vergegen-
wärtigte, dass er illegal in einem fremden Land leben wollte, dass
er den Kontakt zu seiner Familie abgebrochen hatte und entschlossen war, den Rest seines Lebens in den Höhlen zu verbringen. Ihm
wurde bewusst, dass er an den letzten Tagen ohne nachzudenken,
wie in Trance, gehandelt hatte. Er bemühte sich, die Unruhe zu verdrängen, indem er sich einredete, er hätte schließlich noch sechs
Tage Zeit, die Höhle zu verlassen und in das normale Leben zurückzukehren. Doch wie würden die Kinder und Stella reagieren, wenn
er nach Hause käme und sie zuvor seine seltsamen Briefe gelesen
hatten? Sie hielten ihn ohnehin für verrückt und besessen, seit er
sich Jahr um Jahr dem Gedanken verweigert hatte, seinen Sohn Finn
für tot zu erklären.

Er versuchte, etwas zu essen, aber auch der Kaffee und seine Früh-
stückswurst konnten das Gefühl der Verunsicherung und Schwäche
nicht verdrängen.

Er stellte sich an einen der Lichtschächte und blickte hinaus. Der Himmel war wolkenlos und das Meer glitzerte und blendete im klaren Sonnenlicht. Er beobachtete die heranrollenden Wellen, die in Schaum zerflossen und sich wieder zurückzogen, während das Licht einen Teppich aus Kristallen auf das Wasser zu zaubern schien. In der Spiegelung entdeckte er etwas wie einen blonden Haarschopf, einen Moment setzte sein Herzschlag aus. Er rief sich zur Ordnung, es war doch nur eine Chimäre, ein schlechter Witz, den seine Augen ihm spielten. Er musste endlich die Sehnsucht nach Finn begraben. Was würde besser helfen als das Lesen der Aufzeichnungen?

Erik löste sich von dem Anblick und stellte überrascht fest, dass es schon Mittag war. Das bedrückende Gefühl der Ohnmacht dem Schicksal gegenüber wollte nicht weichen. So stieg er hinauf ins obere Zimmer und zwang sich dazu, nach der nächsten Rolle zu greifen. Doch er kämpfte sich nur von Satz zu Satz, ohne die Zusammenhänge zu verstehen. Er konnte sich nicht konzentrieren, immer wieder schlichen sich Sorgen und Ängste in sein Gehirn.

Er überlegte, ob er unter Umständen krank sei und wunderte sich darüber, dass er sich zuvor nie darüber Gedanken gemacht hatte, was tatsächlich geschehen würde, sollte er krank werden.

Wieder stand er auf und stieg hinunter zu seinem Gepäck, kramte ein Fieberthermometer aus der Arzneitasche, aber er hatte kein Fieber, kein Halsweh, keinen Husten, keinen Schnupfen. Nur Angst. Erik stieg weiter hinab und kontrollierte jedes einzelne Wasserbecken. Er hatte das Bedürfnis, mit jemanden zu sprechen, sich jemanden anzuvertrauen, doch er wusste nicht, wem. Stella und die Kinder waren zu weit weg. Außerdem hätten sie bestimmt nicht verstanden, was er dachte und fühlte.

Er erreichte den Stollen und ohne nachzudenken kletterte er nach oben und öffnete vorsichtig das Felsentor. Die Höhle war leer. Er schlich sich an den Rand und beobachtete, wie einige Bauern Erde auf dem kargen, steinigen Grund ausbrachten. Eine Weile stand er so da und sah ihnen zu.

Mitten unter ihnen bewegte sich ein sonnengelber Fleck. Ein Junge in einem gelben T-Shirt, der in Erik eine Erinnerung anstieß. War es derselbe, der ihn damals in der Höhle aufgespürt hatte und dann weggelaufen war?

Plötzlich hielt der Junge inne und wandte sich ihm zu. Wie eine kleine Sonne schien er zwischen den arbeitenden Bauern zu stehen und zu Erik hinaufzuschauen. Dass der Kleine ihn wirklich sehen konnte von seiner Position aus, glaubte er aber nicht.

Erik zog sich zurück, schloss das Felsentor und ging langsam zu seiner Kammer. Er stieg ganz nach oben, um sich erneut den Schriften zuzuwenden.

Es war mittlerweile Nachmittag und die ersten Strahlen der sinkenden Sonne leuchteten durch die Lichtschächte in den Raum. Er schaute zu dem Ruheplatz, wo er die Gebeine Coxlans gefunden hatte. Sein Blick fiel auf den Ring der Vereinigung, den er von Coxlans Haupt abgezogen und in der Nähe abgelegt hatte, als er die Überreste des Priesters dem Meer übergab.

Behutsam, mit bebenden Fingern, hob er die feine Krone auf. Das Gold war im Laufe der Jahrhunderte angelaufen. Vorsichtig begann Erik, den Reif mit einem Taschentuch zu polieren. Das Geschmeide wirkte schlicht und nur das stilisierte Bildnis der Vereinigung auf der Stirn zeugte von der filigranen handwerklichen Kunst, die der Schöpfer dieses Ringes beherrscht haben musste.

Trotz der feinen Arbeit lag die Krone schwer in der Hand und Erik fragte sich, wie mühsam es gewesen sein musste, sie auf dem Kopf zu tragen. Neugierig setzte er sich den Ring der Vereinigung auf sein Haar. Erik war verwundert. Die Krone drückte nicht, sie saß angenehm und er schien das Gewicht überhaupt nicht zu spüren. Plötzlich war auch die ganze Schwäche und Niedergeschlagenheit, die ihn den ganzen Tag gequält hatte, wie weggewischt. Er fühlte sich kräftig und voller Elan.

Er ging zu einem der Lichtschächte und blickte hinaus. Die Sonne berührte den Horizont und tauchte langsam ins Meer. Goldgelbes Licht durchflutete den Raum und Erik sah es als Zeichen, dass er erstmals nach sieben Wochen und just an dem Tag, an dem er die Krone trug, beobachtete, wie die Sonne im Meer versank. Weshalb sah er den Sonnenuntergang erst, als er den Ring der Vereinigung aufsetzte, warum gelang ihm, was Spaniern und Forschern nicht gelungen war, nämlich, das Geheimnis der Priester zu lüften?

KAPITEL 11

ehutsam legte Erik die Krone ab, sie schimmerte sanft im letzten Licht, dann nahm er sein Abendessen ein und legte sich zum Schlafen. Diesmal war die Nacht nicht traumlos, Bilder aus den zuletzt gelesenen Aufzeichnungen überschwemmten ihn.

Die letzten warmen Sonnenstrahlen hatten sich auf das Dorf gelegt. Die Felder, die das Volk in den letzten vierzig Jahren in Terrassen auf den benachbarten Bergen angelegt hatte, waren abgeerntet. Schon bald würde der harte Winter kommen, der an der Gesundheit und den Kräften zehrte. Die Winter waren streng auf dieser Hochebene, wohin sich das Volk der Maktonenen vor mehr als vierzig Jahren zurückgezogen hatte. Frauen und Männer waren dabei, die Ernte in Tonkrüge zu füllen, Fische aus dem großen See zu trocknen, um ausreichend Vorräte für die schlimme Jahreszeit anzulegen. Das Bild der Ruhe und Gelassenheit täuschte.

»Sie kommen, sie kommen!« Atemlos stürzte der Kundschafter in das Dorf. »Die Götter seien uns gnädig. Welch ein Grauen musste ich sehen!« Der junge Mann eilte auf den Tempel zu. Eine Wache stellte sich ihm in den Weg.

»Was willst du?«

»Ich muss den Maktonatl sprechen, die Bluttrinker sind auf dem Weg hierher.«

Der Wächter führte den Kundschafter vor eine Hütte und gebot ihm, zu warten. Kurz darauf trat ein Priester mit weißem Gewand aus dem Tempel und schaute den Späher gütig an. Der Priester sah den verschwitzten Leib, die angsterfüllten Augen, die von Entbehrungen eingefallenen Wangen und die blutenden Füße.

»Welche schlimme Nachricht musst du übermitteln, dass du dich so gequält hast, mein Sohn?«

Der junge Mann verneigte sich ehrfurchtsvoll. Es war nicht so selbstverständlich, dass der Maktonatl mit ihm sprach.

»Ich bin fünfzehn Tage gerannt, so gut meine Füße mich tragen konnten. Die Bluttrinker kommen auf uns zu.«

»Wo befinden sie sich zurzeit?«

»In jener großen Schlucht im Norden, die mein Urgroßvater noch als unser südlichstes Siedlungsgebiet kannte.«

Der Maktonatl erschrak sichtlich. So weit nach Süden waren die Bluttrinker bisher noch nicht vorgedrungen.

»Bewegen sie sich schnell vorwärts?«

»Zum Glück nicht, es sind wohl an die tausend Krieger und sie suchen in jedem Tal und jeder Höhle nach Opfern.«

»Mektan«, wandte sich der Priester einem Novizen in der Nähe zu, »willst du diesem Mann Speisen und Getränke reichen, ihn waschen und seine Füße pflegen?«

Mektan verstand, dass dies keine Frage des Maktonatl war, sondern ein Befehl. Er führte den Kundschafter zu einer weiteren Hütte.

Der Priester gab der Wache auf, nach den anderen Priestern zu suchen und eilte zurück zum Tempel, um mit dem göttlichen Maktan zu sprechen. Der 114. Maktan war noch jung, sein Vater, der 113. Maktan, starb bei einer Erkundung des großen Tales im Osten. Der

Maktonatl achtete nicht auf die reich mit Gold verzierten Säulen und Bögen und doch schmerzte es ihn, wenn er daran dachte, dass dieser Tempel, den alle Maktonenen mühsam errichtet hatten, wieder verlassen werden müsste.

»Erhabener Maktan.« Der Priester führte seine Handflächen zur Brust. »Ein Kundschafter meldete, dass die Bluttrinker auf uns zugehen und nur noch zwei Monde entfernt sind.«

»Was sollen wir tun, Nokkat? Du bist der weise Maktonatl, der mich geschult hat.«

Niedergeschlagen senkte Nokkat den Kopf. »Ich weiß auch nicht weiter, Erhabener. Wir können uns auf dieser Hochebene nicht weiter nach Süden zurückziehen. Die Böden dort sind zu karg, um unsere Früchte anzubauen, das Klima zu garstig, als dass unser Volk dort auf Dauer leben wollte. Wir alle leiden jetzt schon unter der Höhe und der knappen Luft. Wir werden uns daher auch nicht weiter in die Berge zurückziehen können. Die Pflanzen, die wir mühsam gezogen haben, sodass sie auch hier gedeihen, würden in den kalten Höhen nicht mehr wachsen können. Im Westen, jenseits der vereisten Gipfel, leben die Natcha. Soweit wir dieses Volk kennen, ist es friedlich. Sie glauben auch an Sonnengott und Regengöttin, doch sie verehren sie auf gänzlich andere Weise, als Ihr und Eure Vorfahren es uns gelehrt haben. Das Land der Natcha ist unwirtlich, eine Steppe. Ich wüsste nicht, wie wir dort unsere Früchte anbauen könnten. Wir wissen, dass die Natcha die Kunst beherrschen, in der Steppe Wasser zu finden, doch unser Volk kennt dieses Geheimnis nicht. Selbst wenn wir darum wüssten, glaube ich nicht, dass der Ertrag an Früchten groß genug wäre, um neben den Natcha auch unser Volk zu ernähren.«

»Ich weiß wenig über das Volk der Natcha, Nokkat. Glaubst du nicht, wir sollten mit ihnen verhandeln?«

»Verzeiht Erhabener, doch worüber sollten wir verhandeln? Auch wenn wir mit den Natcha sprechen, wird das Land nicht fruchtbarer. Abgesehen davon, sind die Natcha merkwürdige, verschlossene Menschen. Ihr Land ist – obwohl in der Ebene gelegen – mit seltsamen Wegen durchzogen. Unsere Beobachter dachten zunächst, es handele sich um Wege, die beim Wassertragen entstanden seien. Dann stellten sie jedoch fest, dass diese Pfade manchmal Figuren darstellen. Als wir fragten, warum diese Wege angelegt wurden, erfuhren wir nur, dass dies nach dem Willen der Götter geschehen sei. Versteht, edler Maktan, die Natcha sind kein primitives Volk. Die Krüge und Schalen, die sie aus Ton fertigen, sind gleichmäßig und kunstvoll. Wer eine solche Kunst beherrscht, ebenso wie die, in der Wüste Wasser zu finden, kann nicht dumm sein. Doch die Natcha wollen ihre Geheimnisse und ihr Wissen nicht teilen.«

Der Maktan nickte nachdenklich. »Du hast recht, sie sind schon seltsam. Aber was ist mit dem großen Tal im Osten?«

»Das ist noch schlimmer. Wie Ihr wisst, haben wir schon viermal vergeblich versucht, das Tal für uns nutzbar zu machen. Wir haben dies mit viel Menschenblut, darunter dem Eures Vaters, bezahlen müssen. Ich glaube nicht, dass wir uns daran gewöhnen könnten, mit all den giftigen Schlangen, Spinnen und Fröschen, den grausamen Raubtieren zusammenzuleben. Der Wald in dem Tal ist so dunkel und dicht, dass wir keine Felder bestellen könnten. Der Boden ist viel zu feucht und wenn der Regen kommt, stehen weite Flächen unter Wasser. Der große Fluss, der zuletzt so breit ist, wie ein großer See, ist trüb und schlammig und birgt so manches Ungeheuer.«

Der Maktan nickte. »Ich habe viele Berichte über das große Tal gehört und glaube auch nicht, dass dies ein Platz zum Leben ist. Dennoch hat man mir beschrieben, dass Menschen dort leben.«

»Das stimmt, Erhabener, doch leben immer nur Gruppen von höchstens fünfzig Menschen zusammen in einem großen Gebiet. Sie leben hauptsächlich von der Jagd und nicht von Ackerbau. Ein Volk wie unseres, mit fünftausend Herzen, könnte nicht überleben oder würde völlig zerfallen.«

»Du hast recht. Doch ich verstehe nicht, warum uns die Bluttrinker jagen. Schon unsere Vorväter gaben unsere reichen Felder auf, überließen sie diesen blutrünstigen Gesellen.«

Nokkat gab keine Antwort. Er kannte die Geschichte aus vielen Erzählungen.

Sein Volk besiedelte einst den schmalen Landstreifen, der die große Landmasse im Norden mit der ähnlich großen im Süden verband. Diese Gegend war warm und die Erde fruchtbar. Der Regen fiel reichlich und erlaubte große Ernten. Mehr als achttausend Herzen zählte damals das Volk der Maktonenen. Der jeweilige Maktan hatte leicht zu herrschen, das Volk war satt und friedlich, die Priester hatten Zeit, die Welt zu beobachten und zu erforschen. Schon damals kannten die Maktonenen nur zwei Götter, den Sonnengott und die Regengöttin und aus deren Vereinigung entstand alles Leben auf Erden. Da die Götter das menschliche Leben schufen, stand es ausschließlich ihnen zu, Leben zu vernichten.

Die Götter hatten den Maktonenen einen Boten gesandt, der aus der Vereinigung der beiden Götter hervorging, den Maktan. Der Maktan gab sein göttliches Blut stets an einen seiner Söhne weiter. Der Maktan und die Priester berieten und prüften, welcher Sohn göttliches Blut in seinen Adern trug. Stets hatten sie in ihren Beratungen Glück bei der Bestimmung des neuen Maktans, denn die Weisheit, Besonnenheit und Güte wurde von Generation zu Generation weitergetragen.

Nokkat dachte zurück an die vielen Beratungen der Priester und die ausgiebigen Prüfungen, denen sich die Söhne des 113. Maktans unterziehen mussten. Es war der jetzige Maktan, der aus all seinen Brüdern herausragte. Seine Voraussagen, die er nach Rücksprache mit den Göttern vortrug, trafen stets zu. Wie kein anderer wusste er die Saat zu bestimmen, die im Sommer und Herbst die besten Erträge bringen würde, den Tag auszuwählen, an dem mit der Ernte begonnen werden musste. Wie keiner seiner Brüder konnte er aus dem Flug der Vögel, aus dem Bild der Wolken deuten.

Dennoch taten sich die Priester schwer, sich festzulegen. Der jetzige Maktan war der jüngste unter den Söhnen des 113. Maktans und viele Priester zweifelten, ob er auf Dauer den Anstrengungen gewachsen sei, sich der Bedeutung und der Verantwortung seines Amtes bewusst war. Doch die Zeichen der Götter waren unmissverständlich. An dem Tag, als der 113. Maktan fern des Dorfes im östlichen Tal von den Göttern gerufen wurde und noch niemand im Ort von dem Tod erfahren haben konnte, fiel der Junge während eines Spazierganges zu Boden und beweinte den Tod seines Vaters. Kein Priester wollte die Prophezeiung des Jungen glauben. Der 113. Maktan war noch jung und kräftig und es schien undenkbar, dass er im Schutze der stärksten Männer des Dorfes den Tod gefunden haben sollte. Als die traurige Nachricht die Priester erreichte, war die Entscheidung schnell getroffen. Der jüngste Sohn des 113. Maktans war der von den Göttern gesegnete neue Herrscher der Maktonenen.

Nokkat sah die Bilder von damals vor seinen Augen. Ein ungewöhnlich milder Abend hielt auf der Hochebene Einzug. Das Volk hatte sich versammelt, um der Berufung des neuen Maktans beizuwohnen. Überall brannten Feuer in Schalen und erhellten den Festplatz mit warmem Licht. Die Priester standen links und rechts des Weges, der zum Tempel führte, schlugen ihre Trommeln und sangen Lieder zu Ehren der Götter,

Die letzten Töne des Liedes der Vereinigung waren verklungen, das Gemurmel des Volkes verstummt, als das Tor des Tempels geöffnet wurde und der Knabe heraustrat. Sein Blick war klar und entschlossen und mit einer Würde, die Nokkat dem Jungen nicht zugetraut hatte, schritt er durch das Spalier der Priester. Wie es die Tradition verlangte, war der Junge nackt, gewaschen und geölt. Ihm folgte der Maktonatl mit dem Gewand des Erhabenen. Vorsichtig, als trage er einen wertvollen, zerbrechlichen Krug, hatte der Maktonatl das Kleid aus den Federn des Kondors über beide Arme gelegt und setzte bedächtig einen Fuß vor den anderen.

Am Ende des Spaliers blieb der Junge stehen und der Maktonatl hängte das Federkleid über die schmalen Schultern des Elfjährigen.

Erik schaute von der Rolle auf. Verdrängte Bilder rauschten durch seinen Kopf.

Finn. Der elfjährige Finn. In den Sommerferien hatte der Kleine Erik bekniet, ihm doch bitte, bitte ein Baumhaus zu bauen. Finn kniete buchstäblich im Wohnzimmer, raufte sich die blonden Locken und sah Erik mit seinen Strahleaugen an. «Ich helf dir auch, Papa, alles was du willst, aber bitte, mach mir eins auf der dicken Linde!»

Diesem Blick konnte Erik nicht wiederstehen, so fuhr er zum Baumarkt und besorgte das Material. Die Linde in ihrem Garten war stark und groß, sie stand wohl schon weit über hundert Jahre auf dem Grundstück, als sie es kauften. Finn legte sich mächtig ins Zeug, schleppte die Bretter herbei, hielt sie fest, während Erik sie zurechtsägte und nagelte und hämmerte fleißig mit. Dann, nach zwei Wochen, kam der große Moment. Mittels Seilwinden zogen sie das Häuschen hinauf in den Baum. Es fand Platz zwischen zwei ausladenden Ästen im unteren Drittel der Linde. Erik baute noch eine stabile Leiter und schon bald verbrachte Finn viele Stunden des Tages in seinem Schloss, wie er es nannte.

Erik hatte durch das Lesen der Rollen schon länger nicht an Finn denken müssen. Nun schnürte es ihm wieder das Herz zusammen. Er stand auf, um eine Pause zu machen, vertrat sich die Beine, trank, aß, legte sich eine Weile hin. Dann las er weiter.

Der 114. Maktan war berufen. Kein anderes Schmuckstück oder Symbol hätte die Bedeutung und das Wesen des Maktans besser widerspiegeln können als der Umhang aus dem Gefieder des Kondors. Wie jener mächtige Vogel am Boden hilflos wirkte und von seiner Erhabenheit nichts zu sehen war, so schien auch der Maktan nur ein Mensch zu sein. Erhob sich der Kondor jedoch vom Boden, ebenso wie sich der Maktan vom Menschsein löste, so konnten beide steigen, immer weiter aufsteigen, bis in jene Höhen, in denen Sonnengott und Regengöttin weilten.

Zum Zeichen, dass die Maktonenen im Schutz der Götter lebten, schmückten sie ihre Tempel mit dem gelben Metall, welches der Farbe der Sonne glich. Krüge und Vasen, die das Volk aus Ton formten und brannten, wurden mit den Symbolen der Götter, einer Sonne oder Regentropfen verziert. Ansonsten kannten die Maktonenen keine religiösen Rituale.

Die Maktonenen lebten einst in friedlicher Nachbarschaft zu anderen Völkern. Die reichen Ernten erlaubten es sogar, den Gaktse im Norden und den Stämmen im Süden in Hungerszeiten mit Nahrung auszuhelfen. Die Gaktse ließen sogar von ihrem alten Irrglauben ab und bekannten sich zu Sonnengott und Regengöttin.

Auch den Natcha hatten die Maktonenen von ihren Früchten angeboten, wenn sie wussten, dass die Ernte der Natcha verfault oder verdorrt war. Doch die seltsamen Menschen lehnten die Angebote stets ab und stürzten sich lieber waghalsig mit ihren kleinen Booten in das tobende Meer, um dort zu fischen.

Nichts schien das friedliche Zusammenleben stören zu können und daher waren die Maktonenen auch nicht auf den Angriff der Bluttrinker gefasst. Die Gaktse hatten ihnen zuvor von der Grausamkeit der Eindringlinge berichtet, doch niemand wollte daran glauben. Drei Priester wurden entsandt, um mit den Bluttrinkern zu verhandeln, keiner kehrte zurück.

Als die Wilden in das Dorf eindrangen, stellten sich die Maktonenen nur in den Weg, der Glaube verbot es zu töten. Niemand konnte verstehen, dass die Eindringlinge jeden, den sie antrafen, niedermetzelten. Jeder, der konnte, floh in die südlichen Wälder und es dauerte achtundzwanzig Tage, bis sich das Volk der Maktonenen wieder gesammelt hatte, doch es zählte nur noch knapp siebentausend Herzen.

Unter der Führung des 98. Maktans floh das Volk nach Süden. Dreißig Tage zog ein schier endloser Tross hungernder, verzweifelter Maktonenen durch die Wälder und Steppen. Immer wieder schwärmten Kundschafter aus, um nach einem neuen Siedlungsplatz zu suchen. Das Volk konnte nur wenige seiner Vorräte retten und so bestimmte der Maktan schließlich einen Ort am Fuße des großen Berges, dessen Klima versprach, dass auch hier die Maktonenen gut leben könnten.

Doch die neue Heimat war nicht glücklich gewählt. Das Volk wollte bereits die schnell errichteten Hütten durch eine festere Behausung ersetzen und hatte auch mit dem Bau eines Tempels für den Maktan begonnen, als die Späher schon im folgenden Jahr berichteten, dass die Bluttrinker weiter nach Süden zogen. Diesmal waren die Maktonenen besser vorbereitet, sie ernteten alle reifen Früchte und Körner, erjagten noch weitere Fleischvorräte und begannen erneut, sich weiter nach Süden zurückzuziehen. Aber die Suche nach einem neuen Siedlungsplatz war schwierig. In den fruchtbaren Ebenen und Tälern lebten andere Stämme und Völker, die die Maktonenen nicht in ihrer Nachbarschaft duldeten.

Fast sechzig Tage währte die erneute Flucht, erschöpft und halb verhungert erreichten nur fünftausend Herzen ein großes Tal, in dem sie ihre neue Stadt errichteten. Doch nur fünfzehn Jahre konnte das Volk in Frieden leben und erneut rückten die Bluttrinker von Norden nach.

So zogen die Maktonenen stets weiter nach Süden, legten neue Felder an, errichteten neue Dörfer und wurden wieder vertrieben. Jeder neue Maktan musste sein Volk in ein fremdes Land führen. Die ständige Jagd setzte den Maktonenen zu, sie litten Hunger, einige waren zu erschöpft, um weiterzuziehen.

So erreichten weniger als dreitausendfünfhundert Herzen diesen großen See auf der Hochebene. Das Klima war rauer, als es die Maktonenen aus ihrer Heimat kannten. Im Winter war es kalt, die Böden waren karg und der Wind zehrte an den Kräften. Das Volk musste lernen, Gärten an Berghängen zu bebauen und zu bewässern. Doch das neue Land brachte den Maktonenen auch Vorteile. Sie lernten neue Pflanzen und Tiere kennen und pflegen und sich zunutze zu machen. Der neue Siedlungsplatz war auch so weit von ihrem letzten Dorf entfernt, dass sie nun schon seit vierzig Sommern nicht von den Bluttrinkern entdeckt worden waren. Dennoch blieben die Priester und der Maktan wachsam und entsandten Späher, um frühzeitig das Nahen der Bluttrinker zu erfahren.

Bereits vor acht Jahren entdeckten Kundschafter Bluttrinker etwa fünfzig Tagesmärsche nördlich des Dorfes. Zum Glück brachen sie ihren Zug nach Süden ab und kehrten in den Norden zurück. Auch Nokkat – damals noch Priester – gehörte zu dem Erkundungstrupp. Er erinnerte sich lebhaft, wie sehr er erschrak, als er die Wilden zum ersten Mal aus der Entfernung beobachtete. Noch Wochen nach seiner Rückkehr wachte er nachts schweißgebadet auf. Die Bluttrinker, ob Frauen oder Männer, waren stets nackt und hatten lediglich den Unterleib mit verschiedenen, achtlos zusammengebundenen Fellen bedeckt. Ihren bloßen Oberkörper rieben sie mit Asche ein. Die Krieger der Bluttrinker bemalten ihre Gesichter mit Streifen aus Ruß und Blut.

Mancher der Wilden trug eine Halskette aus aneinandergereihten Knochen, andere hatten sich sogar spitze Knochensplitter durch die Haut ihrer Oberarme gestochen. Die Frauen ritzten sich mit spitzen Steinen tiefe Wunden in den Körper und das Gesicht, schmierten allerlei Schmutz in diese Wunden, damit möglichst große und hässliche Narben entstünden.

Bereits die Kinder mussten stundenlang in der prallen Sonne stehen, barfuß durch glühende Kohlenfelder laufen und sonstige Leiden auf sich nehmen, um auf das Erwachsenwerden vorbereitet zu sein. Grauenvoll war auch das Bild der Priester und des Häuptlings. Der Führer der Bluttrinker trug stets den ausgeblichenen Schädel eines Büffels auf seinem Kopf. Zum Zeichen seiner Macht führte er einen Stab mit sich, an dessen Ende vier Büffelhörner befestigt waren. Mit dem Stab schlug und stach der Häuptling offenbar nach jedem, der nicht frühzeitig aus dem Weg gehen konnte.

Die Priester verunstalteten ihre Gesichter mit allerlei hässlichen Fratzen aus Holz und Knochen. Jeden Abend stimmten sie grauenvolle Lieder an, die von einem tiefen, stampfenden, rhythmischen Brummton bestimmt waren, jedoch unvermittelt von einem schrillen, bis ins Mark dringenden Schrei begleitet wurden. Die Priester schienen auch die Strafe für Stammesmitglieder festzulegen. Nokkat beobachtete eines Tages einen Bluttrinker, dem ein Opfer entkommen war. Obwohl Nokkat alle Bluttrinker verabscheute, fühlte er fast Mitleid, als er mit ansehen musste, wie der unglückliche Krieger an seinen Haaren zunächst durch den Schmutz geschleift wurde. Danach wurde der Mann an einen Baum gebunden und eine Schar alter, schreiender Frauen machte sich daran, unter dem Gejohle der zusehenden Krieger, an den Genitalien des Opfers zu zerren und ihm ins Gesicht zu spucken.

Nokkat hatte keinen Zweifel. Die Bluttrinker waren primitive Menschen, aber der enge Zusammenhalt des Stammes und die besondere Grausamkeit, auch gegen Stammesbrüder, machte das Volk gefährlich. Nokkat schien die primitive Art der Bluttrinker ein Glück für das Volk der Maktonenen zu sein. Die Wilden kannten keine wärmende Kleidung und waren deshalb gezwungen, sich mit dem Nahen der kälteren Jahreszeit wieder in den warmen Norden zurückzuziehen.

Dennoch stellte der damalige Maktan, der Vater des jetzigen Erhabenen, acht Trupps zusammen, die einen neuen Zufluchtsort suchen sollten. Aber die sieben Mannschaften, die im Laufe des nächsten halben Jahres zurückkehrten, brachten keine guten Nachrichten. Nach einem Jahr kehrte der achte Suchtrupp zurück und berichtete Sonderbares.

In dem Tal im Osten gäbe es einen Fluss, der so groß sei, dass die Männer zunächst glaubten, an einem See zu sein. Sie suchten beide

Ufer ab, doch nirgends fanden sie einen geeigneten Siedlungsplatz. Sie bauten Schiffe aus Schilf und dünnen Bäumen und ließen sich auf dem großen Fluss stromabwärts treiben. Schließlich erreichten sie noch einen See, einen See mit solchen gewaltigen Ausmaßen, dass sie zunächst zwölf Tage unterwegs waren, ehe sie auf eine kleine Insel stießen. Alle Männer waren in höchster Not. Das Wasser dieses Sees war salzig, wie das des großen Meeres im Westen. Die Wellen des Sees waren hoch und drohten mehrfach, das kleine Schiff zu verschlucken. Dennoch erreichten alle Männer lebend die Insel, die ihr neues Zuhause sein könnte.

Die beiden Priester, die den Suchtrupp leiteten, berichteten seltsame und doch aufregende Dinge über die Insel. Sie erzählten von einem hohen Berg im Westen und zwei flachen Bergen im Osten. Die Insel sei bewaldet, der Boden fruchtbar. Allerdings gäbe es lediglich im Osten der Insel eine Quelle mit frischem Wasser. Dieses Wasser sei auch nicht ausreichend, um Felder in großer Anzahl bewässern zu können. Auch sei die Insel klein, der Ackerbau knapp, es sei denn, man lege an einem Berg Terrassen an, an denen Ackerbau möglich sei. Dann könnten um die achttausend Herzen auf dieser Insel leben. Am wichtigsten sei jedoch, dass diese Insel so klein und uninteressant sei, dass es den Bluttrinkern kaum gelingen könne, die Insel zu finden.

Die Priester und der Maktan berieten lange, bevor der Maktan entschied, dass diese Insel vorbereitet werden solle, damit alle Maktonenen übersiedeln könnten, sollten die Bluttrinker nochmals angreifen.

»Da nun alle Priester zusammengefunden haben, lasst uns mit unseren Beratungen beginnen.«

Nokkat fuhr aus seinen Gedanken auf. Sie saßen im Kreis, jeder Priester auf einer Matte aus Schilf, nur der Maktan etwas erhöht auf einem Kissen, das aus dem Fell eines Lamas genäht und mit Gänsefedern gefüllt war. Der Erhabene trug seinen Umhang aus Kondorfedern. Ein böses Omen, denn zu sonstigen Beratungen kleidete sich der Maktan ebenso wie der Priester in einen weißen Rock und einen Poncho. Entschied sich der Maktan für das Gewand seiner Berufung, so befand sich das Volk in Gefahr oder es drohte sonstiges Ungemach.

So war es auch vor fast drei Sommern. Tagelang hatte der Maktan geistesabwesend den Himmel und die Vögel beobachtet und dann die Priester zur Beratung gerufen. Auch damals trug der Erhabene das Federkleid. Er prophezeite einen harten Winter und große Not für das Volk der Maktonenen. Die Priester ließen Lamas jagen, sammelten die Felle, ließen extra große Vorräte getrocknetes Fleisch und Obst anlegen und horteten Holz für wärmende Feuer. Noch nie zuvor hatten die Maktonenen einen solch kalten Winter erlebt. Der eisige Wind fegte von den Gipfeln der Hörner, wie sie eine nahe Gebirgskette nannten, die Hochebene war von Schnee bedeckt und mit der Aussaat für die kommende Ernte konnte erst einen Monat später begonnen werden als üblich. Lediglich die Weisheit des Maktan und die sorgsame Vorbereitung auf das Unglück hatten verhindert, dass viele Menschen des Volkes verhungert oder erfroren waren. Dennoch war die Zahl der verlorenen Herzen in diesem Winter höher als je zuvor.

Nokkat berichtete von den Beobachtungen des Spähers, von dem Herannahen der Bluttrinker. Doch alle Möglichkeiten, wie die Maktonenen auf die Gefahr der Bluttrinker reagieren könnten, waren schon mehrfach besprochen.

Jeder kannte die Möglichkeiten, die tatsächlich keine waren, das gefährliche Tal im Osten, die Kälte im Süden, im Westen die eisigen Gipfel der Berge und danach in einem schmalen Streifen zwischen

Bergen und Meer die Wüste. Niemand schien einen neuen Vorschlag zu haben und so saßen die Priester und der Maktan bald schweigend und nachdenklich zusammen.

Teksen, ein junger Mann, der erst seit zwei Jahren Priester war, räusperte sich verlegen. »Unser Glaube verbietet uns zu töten. Wir haben uns daher noch niemals gegen die Bluttrinker zur Wehr gesetzt. Wir haben unserem Volk gesagt, dass es vor den Bluttrinkern fliehen muss. Auf dieser Flucht haben wir wegen Hunger und Not viele hundert Herzen verloren.«

Der Maktan und die Priester schauten Teksen fragend an, niemand schien zu verstehen, was der junge Priester andeuten wollte. Nur Nokkat lief ein kalter Schauer über den Rücken bei dem Gedanken, welches Ziel Teksen mit seinen einleitenden Worten anstrebte. Nach der Überzeugung des Maktonatl hätte Teksen noch nicht in den Priesterstand berufen werden dürfen. Er schien ihm zu jung und zu unbeherrscht. Seine Ausbildung war noch nicht abgeschlossen. Doch der Maktan bestand darauf, dass stets vierundzwanzig Priester an seiner Seite stünden.

Da jedoch immer zwei Priester auf der Insel weilten, um sie für eine Besiedlung auszubauen, wurden kurzerhand die beiden ältesten Novizen in den Priesterstand erhoben.

Teksen fuhr fort: »Unser Glaube sagt, dass wir nicht töten und demjenigen helfen sollen, der in Not ist. Unser Glaube sagt, dass derjenige, der einen anderen Menschen in Not sieht und nicht hilft, diesen Menschen tötet. Unser Glaube sagt auch, dass wir keinen anderen Menschen in eine solche Not bringen sollen, die zu dessen Tod führt. Erhabener, ich bitte um Gnade in euren Augen, doch mich quält mein Glaube. Haben wir nicht gegen unseren Glauben verstoßen, als wir unserem Volk befahlen, vor den Bluttrinkern zu fliehen, unsere Brüder in Not gebracht, in der viele ihr Leben ließen?«

Eine quälende Stille breitete sich unter den Anwesenden aus. Teksen hatte das Unmögliche vorgeschlagen. Die Maktonenen sollten kämpfen und andere Menschen töten. Langsam hatten die Priester die Worte verdaut. Monatak holte tief Luft und wollte Teksen zurechtweisen, doch der Maktan gebot mit einer Handbewegung, Ruhe zu bewahren.

»Teksen, du hast deine Zweifel an unserem Glauben gut dargelegt. Ich will mich nach dieser Versammlung zurückziehen und mit meinen Vorfahren beraten. Doch glaubst du tatsächlich, wir könnten uns gegen die Bluttrinker wehren?«

»Ja, Erhabener, unsere Klingen sind schärfer, unser Eisen härter und unsere Bögen schießen weiter als die der Bluttrinker.«

»Doch denkst du, dass ein Volk, das seit langer Zeit keinen Menschen getötet hat, plötzlich kämpfen kann? Glaubst du nicht, dass unsere Bauern zu sehr fürchten, von den Göttern verstoßen zu werden, wenn sie gegen unseren Glauben handeln?«

»Ich bin bereit zu kämpfen, Erhabener. Auch wenn es schwer ist, will ich von den Göttern verstoßen werden, wenn ich dadurch Herzen von zehn Brüdern retten kann.«

»Dies ehrt dich, junger Priester. Ich werde deine Worte wohl abwägen. Die Versammlung ist beendet. Maktonatl, bereite das Gespräch mit meinen Ahnen vor.«

Die Priester verließen den Tempel, nur Nokkat blieb zurück und wandte sich dem kleinen Raum gegenüber dem Eingang zu. Das Gespräch des Maktan mit seinen Vorfahren war ein altes Zeremoniell, das nur durch den Maktonatl vorbereitet werde durfte. Der Raum des Gespräches war klein, die Wände kahl und der Boden mit Ästen ausgelegt. Das kleine Fenster musste sorgfältig verschlossen werden. Nokkat häufte trockenes Holz in drei Schalen und entzündete ein Feuer. Schnell wurde es in dem kleinen Raum heiß. Nokkat wusste, dass sich der Maktan in der Zwischenzeit gereinigt und geölt hatte.

Der Maktonatl wartete, bis die Flammen erloschen waren und warf dann getrocknete Minzeblätter und Blätter des Coca-Strauches in die Asche. Er verließ den Raum. Der Maktan wartete bereits.

»Erhabener, ich habe alles vorbereitet.«

»Danke Nokkat, warte bitte, bis ich fertig bin. Ich möchte mit dir deuten, was mir meine Ahnen sagen werden.«

Der Maktonatl verbeugte sich und hielt dem Maktan die Tür zu dem kleinen Raum auf. Nachdem die Tür verschlossen war, setzte sich Nokkat vor die Tür und wartete.

Er hörte den Maktan stöhnen, schreien, dann trat wieder Stille ein, bevor der Erhabene erneut ächzte und rief. Das Gespräch mit den Vorfahren dauerte länger, als es der Maktonatl jemals zuvor erlebt hatte. Er machte sich bereits Sorgen um den Erhabenen, überlegte sogar, ob er nach dem Maktan schauen sollte, doch er verwarf den Gedanken wieder.

Die Sonne wanderte schon gen Westen, als endlich die Tür des kleinen Raumes aufging. Nokkat erschrak.

Der Maktan war völlig verschwitzt, die Augen lagen in tiefen dunklen Höhlen, die Wangen waren eingefallen. Der Maktonatl reichte ihm einen Krug Wasser. Der Erhabene nahm dankbar an. Die beiden Männer setzten sich auf den Boden und schwiegen. Nokkat wusste, dass der Maktan noch nachdachte und es ein Tabu wäre, das Gespräch zu eröffnen. Die Sonne begann unterzugehen und im Tempel wurde es dunkler. Der Maktonatl entzündete in einigen Schalen Feuer.

»Nokkat, mein weiser Priester, sage unserem Volk morgen, dass wir das Dorf verlassen werden, wenn die Bluttrinker zu nahe kommen. Ich habe den Ahnen unsere Not geschildert und von den

Argumenten des jungen Priesters berichtet. Die Regengöttin weinte, als sie von dem Leid unseres Volkes erfuhr. Der Sonnengott war voll des Zornes und sagte, wir sollen die Bluttrinker bekämpfen. Da vergoss die Regengöttin noch mehr Tränen. Gewiss sei das Leben der Maktonenen mehr wert als das eines Bluttrinkers, meinte sie, doch auch die Bluttrinker seien Menschen. Am meisten sorge sie sich jedoch um die Zukunft unseres Volkes. Hätten die Maktonenen einmal gegen das wichtigste Gebot der Götter verstoßen und einen Menschen getötet, so sei eine Grenze gefallen. Dann sei es nur eine Frage der Zeit, bis die Maktonenen auch anderen Geboten der Götter zuwiderhandelten und zuletzt gar ihre Hand gegen Männer aus dem eigenen Volk erhöben. Unfrieden in unserem Volk schadet den Maktonenen jedoch auf Dauer mehr, als vor den Bluttrinkern zu fliehen.«

»Die Götter sind weise, Erhabener. Haben sie auch bedacht, wie schwierig es ist, mit mehr als viertausend Herzen durch den Urwald zu ziehen, viertausend Herzen im Urwald ausreichend mit Nahrung zu versorgen, alle Menschen auf Booten zu der Insel zu bringen?«

»Bestimmt, Maktonatl. Sie vertrauen wohl auf das Wissen der Priester. Es wird Eure Aufgabe sein, Vorräte anzulegen, sichere Wege zu erkunden, damit möglichst viele Herzen gerettet werden können.«

Nokkat kannte den Maktan seit dessen Kindheit. Er hatte ihn erzogen und ausgebildet. Er wusste, dass der Maktan noch nicht alles geschildert hatte, was er von den Ahnen gehört hatte.

»Haben Euch die Götter noch mehr gesagt, Erhabener?«

»Gewiss, das haben sie, aber dies ist nicht der richtige Zeitpunkt, dich davon zu unterrichten. Bitte verstehe dies.« Der Maktan machte eine kurze Pause. »Ich bin müde, Nokkat, ich will mich ausruhen. Bitte gehe jetzt.«

Der Priester verneigte sich und verließ den Tempel. Er machte sich Sorgen um den Maktan. Die Götter mussten dem Maktan eine schlimme Nachricht überbracht haben. Noch nie hatte der Maktan dem Maktonatl verschwiegen, was die Götter sagten. Noch nie hatte Nokkat den Erhabenen so bedrückt und nachdenklich gesehen. Dem Maktan durfte kein Unglück widerfahren. Er war noch so jung und hatte keine Söhne gezeugt, in denen das göttliche Blut weiterleben konnte. Wer sollte mit den Göttern sprechen, wenn der Maktan nicht da wäre? Wie sollten die Götter die Maktonenen schützen, wenn sie den Maktan nicht beraten konnten?

Seit der Maktan vor acht Jahren befohlen hatte, die entdeckte Insel vorzubereiten, damit alle Maktonenen darauf leben könnten, fuhren immer wieder Priester und kräftige Männer des Volkes zu der Insel. Sie hatten an dem großen Berg Terrassen angelegt, um Ackerfläche zu gewinnen. Jedoch wussten die Priester lange nicht, wie sie die Felder bewässern sollten. Offene Sammelbecken hätten Ackerfläche gekostet, das gesammelte Wasser wäre an sonnigen Tagen auch zu schnell verdunstet.

KAPITEL 12

Am nächsten Morgen stieg Erik hinunter, um im Ort einzukaufen; er brauchte dringend Vorräte, auch wenn er die ganze Zeit nur an die Entstehungsgeschichte der Höhlen und Terrassen dachte. Vorher ging er zum Hotel und behob beim Bankautomaten Geld. An der Rezeption fragte er, ob es Post für ihn gäbe. Der Rezeptionist, dem Erik ein paar Scheine für den Service zuschob, händigte ihm tatsächlich einen Brief aus.

Das Scheiben kam von Eriks Frau. Sie wünsche ihm viel Glück für seine Zukunft, habe das Haus vermieten können und würde ihm, abzüglich der Steuern, den Betrag jeweils monatlich auf sein Konto überweisen. Auch die Kinder ließen grüßen. Ihnen allen gehe es gut, was auch daran läge, dass die Trauer Finns wegen ruhiger werden konnte, nachdem Erik sie nicht mehr ständig anstachle. Nochmals alles Gute und wer wisse es schon, vielleicht sähe man sich eines Tages wieder.

Von Erik Schultern fiel eine große Last. Er war freigesprochen worden von der Familie. Heiter wanderte er weiter ins Dorf.

Nachdem er alles besorgt hatte, er kalkulierte für die nächsten zwei Monate, denn was benötigte er schon, stieß er auf Paco.

»Ich hätte Sie fast nicht erkannt, Erik, mit dem dichten Bart. Wie geht es denn so? Ich dachte, Sie wären längst in die Heimat geflogen.«

»Guten Tag, Paco, nun, noch nicht. Wie ich schon sagte, ich campe und bewandere die Gegend, kann mich nicht losreißen.« Erik konnte nur hoffen, Paco schluckte das.

Der musterte ihn lang, ehe er sagte: »Und wie schreiben Sie ohne Elektrizität an Ihrem Roman?«

»Mit der Hand. Da fühle ich die Geschichte besser, wissen Sie?«

Wieder betrachtete der Busfahrer ihn. »Und wo kampieren Sie?«

Erik war genervt, kam sich vor wie bei der Polizei, doch er durfte das nicht zeigen. »Ach, mal da, mal dort. Nach dem langen Leben in Deutschland ahnte ich nicht, was ich eigentlich für ein Naturbursche bin. Ich liebe es, nicht mehr von vier Wänden eingeschlossen zu sein. Und wo geht das besser, als auf Ihrer Insel.«

»Solange Sie nicht Ihren Müll irgendwo liegen lassen, ist das okay. Darf ich Sie wohin bringen?«

»Nein, vielen Dank, ich spaziere gemütlich los, Muskeltraining sozusagen.«

»Na dann, bis demnächst wieder.« Paco entfernte sich kopfschüttelnd.

Beladen mit dem schweren Rucksack und zusätzlichen zwei Jutetaschen, die er beim Einkauf auch erstanden hatte, machte er sich zurück auf den Weg in die Höhlen. Er betete zum imaginären Maktan, dass sein Tun niemals entdeckt würde und er in Ruhe leben könnte.

Viele Tage saßen die Priester zusammen und berieten. Die Männer auf der Insel hatten, als sie Fels für eine Terrasse abtrugen, entdeckt, dass es in dem Gestein des Berges immer wieder große Blasen gab. Solche Höhlen waren sicherlich der geeignete Ort, Wasservorräte anzulegen. Doch woher sollte man wissen, wo solche Hohlräume sich befanden und wie sollte das Wasser hineingeleitet werden? So reifte in den Priestern der Entschluss, in den großen Berg ein Bewässerungssystem zu bauen. Bald schon hatten die Männer auf der Insel am Gipfel eine große Höhle entdeckt, doch als sie daran gingen, einen geräumigen Zugang zu dem künftigen Wasserspeicher zu schlagen, stürzte die Decke der Höhle ein. So begannen die Männer auf der Insel von oben in den Berg zu graben, Seitenwände stehen zu lassen und nach weiteren Hohlräumen im Fels zu suchen.

In den sechs Sommern arbeiteten sich die wenigen Männer immer tiefer in den Berg, doch sie waren noch nicht weit gedrungen. Nokkat wusste, dass es noch Jahre dauern würde, bis ausreichend Höhlen im Berg gefunden wurden, die als Wasserspeicher dienen konnten. Doch so viel Zeit schien ihnen nicht zu bleiben.

Nokkat konnte in der Nacht nicht schlafen. Er sorgte sich um sein Volk und wusste keinen Weg um zu helfen. Immer wieder quälte ihn die Frage, welche Sünde das Volk begangen haben könnte, dass es von den Göttern auf eine solch harte Probe gestellt wurde . Am Morgen ließ er nach den anderen Priestern schicken.

»Liebe Brüder«, begann er, als alle Priester versammelt waren, »die Götter haben dem Maktan geraten, dass unser Volk vor den Bluttrinkern fliehen soll. Unser Erhabener hat lange mit seinen Ahnen gesprochen und sie haben sich ihre Entscheidung nicht leichtgemacht.«

Teksen atmete tief ein, unterließ es aber, etwas zu sagen. Er wusste, die Entscheidung des Maktan war unumstößlich.

»Der Erhabene hat uns aufgetragen, alles für die Übersiedlung zur Insel vorzubereiten. Ich habe dem Maktan die Sorge vorgetragen, die Insel sei nicht in der Lage, allen Maktonenen ausreichend Nahrung zu bieten. Ich schilderte ihm, dass die Gärten am Berg noch nicht genutzt werden könnten und es Jahre dauern wird, bis unsere Arbeiten abgeschlossen sind. Wir können auch keine starken Männer unseres Volkes entbehren, die wir auf die Insel schicken könnten, um die Arbeiten voranzutreiben. Die Arbeit auf den Feldern erfordert kräftige Arme, sofern uns die Bluttrinker noch Zeit geben. Doch in erster Linie müssen die Männer unser Volk bei dem gefährlichen Weg durch den Urwald vor wilden Tieren schützen und nach Nahrung suchen.«

»Weiser Maktonatl.« Teksen hatte sich erhoben. »Ihr wisst, es fällt mir schwer, tatenlos darauf zu warten, dass uns die Bluttrinker angreifen. Erlaubt mir bitte, einige wenige Männer auszusuchen und zur Insel zu segeln. Ich möchte dort zur Rettung unseres Volkes beitragen. Wenn Ihr es gestattet, würde ich Priester Akkat bitten, die Insel zu verlassen und hierher zurückzukehren, damit der Maktan auf vierundzwanzig Priester vertrauen kann.«

Nokkat war überrascht. Er hegte Misstrauen gegen den jungen Priester, eine innere Stimme warnte ihn und er wollte die Reise untersagen. Doch ein Blick in die Gesichter der anderen Priester stimmte ihn um. Sie schienen von dem Plan Teksens begeistert, sicherlich in erster Linie, um den unbeherrschten jungen Mann weit weg zu wissen.

Bereits am nächsten Morgen brach Teksen mit sechsundvierzig Männern auf. Sie waren mit Eisenäxten und Buschmessern bestens ausgerüstet, denn sie würden noch ein Boot für die Überfahrt bauen müssen. Die Männer trugen ihre schweren Lasten auf Rückengestellen und kamen trotzdem zügig voran. Teksen führte die Gruppe. Er hatte schon an mehreren Erkundungen des Urwaldes teilgenommen und kannte den Weg. Nach seinen Überlegungen sollte möglichst früh der große Fluss erreicht werden, um dort ein Floß für die Weiterfahrt zu bauen. Die Reise auf dem Floß strengte die Männer wenig an, sie blieben von den Gefahren giftiger Schlangen oder wilder Raubtiere verschont und kamen mit Sicherheit schneller vorwärts.

Seit der Besprechung mit dem Maktan hatte Teksen nur noch wenig geschlafen. Er hatte einen Plan, und je länger er über ihn nachdachte, umso deutlicher reifte dieser heran. Bald war er sicher, den Plan umsetzen zu müssen, zum Wohle des Volkes der Maktonenen. Das Einzige, das ihn von seinem Plan hätte abhalten können, wäre die Weigerung des Maktonatl gewesen, ihn gehen zu lassen. Zum Glück waren alle anderen Priester von seinem Vorschlag begeistert, sodass sich auch der Maktonatl anschloss. Teksen wusste, sie hätten ihn niemals ziehen lassen, wenn sie gewusst hätten, was er tatsächlich vorhatte. Sicherlich, sein Plan verstieß gegen die Gesetze der Maktonenen, aber er fühlte, dass er ihn umsetzen musste.

Er dachte an seine Mutter. Immer wieder schilderte sie die erste Begegnung mit den Eindringlingen. Sie war noch jung, erst kurz zuvor mit ihrem Mann vor die Priester getreten und trug ein Kind in ihrem Leib. Die Bluttrinker drangen in das Dorf ein. Die schwangere Mutter konnte nicht schnell laufen und war bald von einem der blutrünstigen Wilden gefangen. Dieser hob gerade sein Messer, um auf die Mutter einzustechen, als sich der Priester Akwas dazwischenwarf. Das Messer tötete den Priester und seine Mutter konnte entkommen. Vierzehn Sommer später wurde Tesken gezeugt und im selben Jahr geboren. Immer wieder, wenn er die Geschichte seiner Mutter hörte, bestärkte es ihn in seinem Entschluss, auch Priester werden zu wollen und sein Leben zum Schutz seines Volkes einzusetzen. Nun war der Zeitpunkt gekommen, da er – ohne Rücksicht auf sein eigenes Wohl und Leben – handeln musste. Ein seltsames

Gefühl der Erleichterung überfiel ihn. Die Entscheidung war gefallen und es gab kein Zurück.

Der Maktan befahl, den goldenen Schmuck aus den Tempeln zu nehmen und zusammenzutragen. Die Bluttrinker waren bis auf zehn Tagesmärsche an das Dorf herangekommen. Von früh bis spät ernteten die Bauern, wurden Fisch und Fleisch getrocknet. Jedem Maktonenen wurden verschiedene Treffpunkte genannt, um im Falle einer überstürzten Flucht wieder zusammenfinden zu können. Alles war zum Aufbruch vorbereitet, als ein Kundschafter die frohe und kaum zu glaubende Nachricht überbrachte, dass die Bluttrinker ihren Zug nach Süden abgebrochen hatten und sich bereits seit zwei Tagen wieder in den Norden zurückzogen. Die kalte Zeit des Jahres nahte.

Nokkat war froh und erleichtert, ihm war dennoch nicht zum Feiern zumute. Er machte sich nichts vor, sie hatten lediglich etwas Zeit gewonnen und sonst nichts. Vielleicht schon im nächsten Jahr würden die Bluttrinker wieder gen Süden ziehen. Niemand konnte vorhersagen, wie weit sie dann vordringen würden. Nokkat war sich sicher, es konnte höchstens noch einige wenige Jahre dauern, bis die Bluttrinker sie von diesem Ort vertrieben. Umso wichtiger war es, dass der Ausbau der Insel zügig voranschritt.

Nokkat verfiel ins Träumen. Wie schön würde das Leben auf der fremden Insel werden. Die Bluttrinker würden sie dort bestimmt nicht finden. Die Maktonenen konnten in Frieden leben, die Priester die Gestirne und Pflanzen erforschen, die Bauern ohne Furcht ihre Felder bestellen.

Der Priester Akkat war zurückgekehrt. Teksen persönlich hatte ihn auf der Rückfahrt begleitet. Teksen hatte zwei seltsame Boote bauen lassen, die jedoch schnell waren und viel laden konnten. Akkat beschrieb die Boote als zwei große Stämme, jeweils fünfundzwanzig Schritte lang, die in einem Abstand von acht Schritten parallel ausgerichtet waren. Die großen Stämme wurden durch dünnere Stämme verbunden, sodass eine ebene Fläche entstand. Akkat äußerte sich lobend über die Boote, da sie den Transport von vielen Menschen, auch von Pflanzen und Tiere ermöglichten. Teksen sei extra nochmals mit ihm zurückgefahren, um Pflanzen und Vorräte für die Insel aufzunehmen.

Die Maktonenen hatten Glück, in den nächsten fünf Jahren war nichts von den Bluttrinkern zu sehen. Alltag war eingekehrt. Nur Nokkat mahnte immer, die Gefahr durch die Bluttrinker sei nicht vorüber und drängte auf den zügigen Abschluss der Arbeiten auf der Insel. Die Nachrichten, die ihm Teksen zukommen ließ, waren durchweg erfreulich, doch dürftig. Die Boten berichteten stets knapp, die Arbeiten an dem Bewässerungssystem kämen zügig voran. Der Maktonatl misstraute Teksen, die Fortschritte der Arbeiten auf der Insel jedoch zerstreuten die Zweifel Nokkats.

Nachdem sie die Hochebene verlassen hatten, wandte sich Teksen mit seinen Männern nach Norden in Richtung des großen Flusses. Sie folgten seinem Ufer, bis der Fluss nur noch träge und ruhig vor sich hinfloss. Dort ließ Teksen zwei Boote bauen. Die Pläne zur Konstruktion trug er schon länger in seinem Kopf. Die Maktonenen waren mit Sicherheit keine großen Bootsbauer. Um auf dem großen See, an dem sie lebten, fischen zu können, genügten einfache Schilfboote. Doch deren Ladevermögen war zu begrenzt, um viele Menschen und Güter aufzunehmen.
Die Idee zu seiner Planung bekam er, als er auf einer früheren Expedition in das große Tal zwei Männer des Dschungelvolkes

beobachtete. Die Menschen des Dschungelvolkes nutzten auf dem großen Fluss und seinen Zuflüssen schmale kurze Holzboote, die so wenig Tiefgang hatten, dass sie bei Hochwasser sogar durch die Wälder fahren konnten. Die beiden Männer, deren Treiben Teksen betrachtete, hatten ein großes Tier erlegt, und keines der kleinen Boote konnte die Fracht allein tragen. Kurz entschlossen brachten sie vier etwa zwei Schritte lange Äste von einem Baum, legten sie so auf zwei Boote, dass an jeweils einem Astende ein Boot lag und verluden die Jagdbeute auf die Äste. Dann ruderten sie gemeinsam auf die andere Uferseite.

Das Prinzip, die Lademöglichkeiten von Booten zu erhöhen, indem man sie verband, wollte auch Teksen übernehmen. Allerdings mussten die Boote deutlich größer sein, um sein Vorhaben umsetzen zu können. Er trieb seine Männer unnachgiebig zur Eile und gönnte auch sich kaum eine Pause. Er war verärgert, dass er sich unter Zeitdruck fühlte, denn der Urwald barg Geheimnisse, die er gerne erforscht hätte. So fand er eine Kletterpflanze, die weich und biegsam und dennoch so reißfest war, dass man sie getrost als Tau verwenden konnte. Das Harz eines Baumes war so klebrig, dass er damit die dünneren quer liegenden Stämme verbinden ließ. Zum Schutz vor den Launen des Wetters ließ er kleine Hütten auf den Booten errichten, die, damit sie dem Meer nicht so hilflos ausgesetzt waren, zur Vorderseite des Bootes hin abgeschrägt waren. Nach sechs Wochen waren beide Boote so weit fertiggestellt, dass sie ihre Reise antreten konnten. Er hatte noch unzählige Ideen, wie die Boote hätten noch besser gebaut werden können, doch die Zeit drängte.

Sie segelten und ruderten Tag und Nacht. Mit dem Einbruch der Dunkelheit wurde auf beiden Booten ein Licht entzündet, damit sich die Boote nicht verlieren konnten. Die Dunkelheit barg Gefahren. In der ersten Nacht geriet ein Boot in einen starken Strudel, in der zweiten Nacht wurde ein Boot von einem Alligator angegriffen. Niemand nahm Schaden, trotzdem baten die Männer, nachts nicht weiterzureisen.

»Glaubt ihr tatsächlich, ein Alligator würde uns nicht angreifen, wenn wir die Boote am Ufer festmachen? Glaubt ihr tatsächlich, Giftschlangen würden uns verschonen, wenn wir liegen und nicht reisen?«

Die Männer schauten betreten zu Boden und schüttelten die Köpfe.

»Unser Volk vertraut uns. Wir müssen die Insel für das Volk der Maktonenen bewohnbar machen. Jeder von euch hat Frau und Kinder und ich weiß, dass ihr euch um sie sorgt. Wenn wir wollen, dass unsere Kinder in Zukunft ohne Bedrohung durch die Bluttrinker leben können, dürfen wir nicht rasten. Vielleicht sind eure Familien bereits auf der Flucht.«

Teksen und seine Männer setzten ihre eilige Fahrt fort. Einige Male wurden sie in Seitenarme des Flusses getrieben und mussten umkehren. Solche Zeitverluste schmerzten ihn. Dennoch erreichten sie nach nur vier Wochen die kleine Insel im Meer.

Akkat empfing ihn mit stolzgeschwellter Brust und führte ihn sofort zum Berg, um ihm den Stand der Arbeiten zu zeigen. Teksen war beeindruckt. Unzählige Terrassen waren rund um den Berg angelegt. Sie begannen ein Stück unterhalb des Gipfels und reichten bis zum unteren Drittel des Berges.

»Du hast mit deinen Männern Enormes geleistet, Akkat. Und all diese Felder haben auch schon Brunnen, um sie zu bewässern?«

Akkat schaute Teksen empört an. »Wo denkst du hin? Selbstverständlich nicht. Was helfen uns Brunnen, wenn wir keine Felder haben, die wir bestellen können?«

Was helfen uns Felder, die wir nicht bestellen können, weil wir kein Wasser haben, dachte Teksen, doch er schwieg. Es gehörte sich nicht, einem älteren Priester zu widersprechen.

»Einer deiner Boten berichtete, dass in der Zeit des starken Regens das Wasser den Berg hinunterrauscht und die Erde mitreißt. Hast du schon einen Plan, wie das verhindert werden kann?«

»Ja, ich dachte mir, wir graben auf jeder Terrasse einen Brunnen, in dem sich das Wasser sammeln kann. Die Bauern müssen das gesammelte Wasser dann nur noch in die Becken umfüllen, die wir im Berg anlegen. Wir könnten kleine Zugänge von den Feldern zu den Becken graben. Außerdem haben wir um jedes Feld einen Feldrand stehenlassen, der fast bis zu den Knien reicht. Der sollte verhindern, dass der Ackerboden weggespült wird.«

Teksen schien dieser Plan Akkats völlig unsinnig. Er sagte nichts mehr, während ihn Akkat zum Gipfel führte.

»Schau, Teksen, die Männer graben seit einiger Zeit in den Berg, aber wir haben noch keine Hohlräume gefunden. Ich lasse zurzeit einen Untersuchungsstollen graben, der etwa sechs Schritte Felswand zwischen Stollen und Feldern lässt. Allerdings lasse ich die gewonnenen Felsen und Steine auch gleich bearbeiten, sodass wir sie zum Bau unserer Häuser nutzen können.«

Teksen ließ sich in den Stollen führen. Es war eng und staubig. Teksen war entsetzt. Trotz der Arbeit in nunmehr fast acht Jahren war der Stollen kaum mehr als dreihundertfünfzig Schritte lang. Es musste noch Jahrzehnte dauern, ein sinnvolles Bewässerungssystem für die Felder zu bauen, aber so viel Zeit hatten die Maktonenen nicht. Das Leid der Männer und die knappe Zeit, die seinem Volk blieb, bestätigten ihn in seinem Entschluss.

»Es ist schön, dich wiederzusehen.«

Teksen schrak aus seinen Gedanken auf. Vor ihm stand Xaktan. Xaktan war ein halbes Jahr jünger als er und der zweite Priester auf der Insel.

Sie kannten sich seit Kindertagen, lernten gemeinsam als Novizen und waren die besten Freunde. Sie fielen sich in die Arme. Leise fragte Xaktan: »Welches Gefühl überwiegt in dir, wenn du die Arbeiten hier siehst? Hoffnung oder Verzweiflung, Freude oder Trauer?«

»Es sind eindeutig Verzweiflung und Trauer, die ich empfinde.«

»Das kann ich verstehen.«

Den Vorschlag, dass Akkat in das Dorf zurückkehren sollte, hatte Teksen mit Bedacht unterbreitet. Xaktan und er waren nicht nur gute Freunde, sie empfanden und dachten auch ähnlich. Manchmal schien ihm, als seien sie von einem Blut. Auch Xaktan galt als unbedacht und voreilig. In Xaktan hoffte er den Priester zu finden, mit dem er seinen Plan in die Tat umsetzen konnte.

Am Abend setzten sie sich abseits der übrigen Männer und tauschten Erinnerungen aus. Doch schon bald wechselte Teksen das Thema.

»Unsere Leute sehen schlimm aus. Ich habe den Eindruck, dass es weniger Männer sind, als unser Dorf verlassen haben.«

»Du hast recht Teksen, elf Männer waren den Anstrengungen nicht mehr gewachsen. Trotz aller Hingabe, mit der jeder auf dieser Insel arbeitet, erinnert Akkat doch ständig daran, dass von ihrem Fleiß das Leben und Glück der Familien abhängen. So leisten sie alle mehr, als ihrer Gesundheit zuträglich ist.«

»Sage mir, wie viele Menschen unseres Volkes sollen noch ihr Leben lassen, bis dieses Werk endlich vollendet ist? Hunderte, Tausende? Wir können das nicht zulassen. Ich habe geschworen, mein Leben zum Wohl unseres Volkes einzusetzen.«

»Ich kenne deinen Schwur, doch was willst du machen? Willst du den Stollen alleine graben?«

Teksen lachte gequält. »Ich glaube nicht, dass dies zum Wohle des Volkes wäre. Als ich das Dorf verließ, waren die Bluttrinker nicht weit entfernt. Die Zeit drängt und wenn ich allein arbeite, wäre das nicht hilfreich.«

»Was planst du?« Bereits in dem Moment, in dem er die Frage stellte, bereute Xaktan sie. Das mulmige Gefühl in seinem Magen sagte ihm, dass er die Antwort nicht hören wollte.

»Dort, wo der große Fluss in das Meer mündet, gibt es einen Stamm kleiner Menschen. Sie sind zäh und wendig. Doch die Nahrung ist knapp und deshalb müssen viele Stammesmitglieder früh sterben. Nur jedes vierte Kind erlebt fünfmal den Sommer. Wir könnten diese Menschen in unseren Booten ...«

»Nein«, unterbrach Xaktan, »das wäre eine Sünde.«

»Warum?«

»Du nimmst Menschen ihre Freiheit.«

»Die Freiheit zu verhungern? Soweit ich weiß, gibt es auf der Insel ausreichend Nahrung, sodass es diesen Menschen mit Sicherheit besser gehen würde.«

»Mag sein, aber du zwingst sie zur Arbeit.«

»Mache ich dann etwas anderes als Akkat, der den Männern alltäglich das Leiden der Familie schildert, bis sie sich zu Tode schinden?«, brauste Teksen auf.

»Pst, leise.« Xaktan hob beschwichtigend die Hände auf und ab. Er wollte nicht, dass jemand von ihrem Gespräch erfuhr. »Aber die Götter werden dich nicht aufnehmen.«

»Dann mögen sie es lassen, doch du kennst meinen Schwur. Die Männer, die ich mitgebracht habe, denken wie ich. Auch sie sind verärgert, dass wir uns ständig vor den Bluttrinkern zurückziehen, ihnen unsere fruchtbaren Felder überlassen und immer wieder Freunde verlieren.«

»Das bin ich auch, Teksen, doch was sollen wir tun?«

»Der Maktan hat uns verboten, gegen die Bluttrinker zu kämpfen. Wir müssen uns also zurückziehen. Dann müssen wir jedoch auch einen Ort finden, an dem unser Volk gut leben kann. So wie die Insel derzeit aussieht, können wir dies hier nicht. Es tut mir leid, Xaktan, wenn ich dich unter Druck setze, doch wenn du meinem Plan nicht zustimmst, wird dies das Ende unseres Volkes sein.«

»Was willst du tun, wenn ich deinem Plan nicht zustimme?«

»Wir werden zurücksegeln. Wir werden jedoch nicht mehr in unser Dorf gehen, sondern die Bluttrinker suchen und gegen sie kämpfen. Wir werden keine großen Erfolge haben, aber wir haben alles, sogar unser Leben, für unser Volk gegeben.«

»Doch was geschieht, wenn die Priester von deinem Plan erfahren?«

»Wie sollten sie? Die Priester sitzen im Dorf, bereiten neue Fluchtpläne vor und lassen sich von einem Boten berichten, welche Fortschritte auf der Insel erzielt werden. Meine Männer werden als Kuriere schon das Richtige zu übermitteln wissen.«

»Du hast deinen Plan gut durchdacht, Teksen.«

»Ich habe nächtelang nicht geschlafen.«

»Das will ich glauben. Dann gib mir bitte wenigstens eine Nacht, um meinen Entschluss zu überdenken.«

Am nächsten Morgen suchte Xaktan die Hütte Teksens auf. Die tiefen dunklen Ringe unter den Augen verrieten, dass er nicht geschlafen hatte.

»Wie ich es auch drehe und wende, ich habe mein Leben verwirkt. Stimme ich deinem Vorhaben zu, raube ich fremden Menschen die Freiheit und wenn ich die anstrengende Arbeit sehe, wohl auch dem einen oder anderen das Leben. Lehne ich deinen Plan ab, so treibe ich dich, meinen besten Freund, in einen Kampf mit den Bluttrinkern und so in den Tod und unser Volk in größte Not. Bitte die Menschen des fremden Stammes zu kommen.«

Teksen war hocherfreut. Er sprang auf und wollte Xaktan umarmen. Doch der wandte sich ab und verließ wortlos die Hütte. Es versetzte Teksen einen Stich ins Herz, dass Xaktan ihn zurückwies, doch er hatte keine Zeit, lange darüber nachzudenken. Er bereitete die Abreise Akkats und der übrigen Männer vor.

»Alle Männer, die bisher auf der Insel gearbeitet haben, sollen zurückkehren?«

»Ja, Akkat.«

»Teksen, sage mir, wie sollen die sechsundvierzig Männer, die du mitgebracht hast, die Arbeit bewältigen, die zuvor siebzig Männer erledigt haben?«

»Du weißt, die Stollen sind eng. Es werden sowieso höchstens zehn Männer darin arbeiten können. Lieber bitte ich um Ablösung, sollten den Männern hier die Kräfte ausgehen. Solange wir jedoch gut vorankommen, sollten die nun erschöpften Arbeiter zurückkehren, sich erholen und dann zum Nutzen des Dorfes tätig sein.«

Akkat zuckte mit den Schultern. »Du musst es wissen.«

Schon am Abend verließen die beiden Boote die Bucht. Teksen war stolz. Die Boote hielten, was er sich von ihnen versprochen hatte. Die bisherigen Arbeiter und elf seiner Männer hatten auf beiden Booten genügend Platz. Die Boote waren zwar schwerer, aber immer noch schnell und nur selten wurden die Männer von einer höheren Welle durchnässt.

Nach zehn Tagen hatten sie die Mündung des großen Flusses erreicht. Teksen ließ die Boote noch etwas landeinwärts fahren und erst dort Akkat und seine Männer am Ufer absetzen, um sicherzugehen, dass Akkat weit genug von dem Ort entfernt war, den er nun aufsuchen wollte.

Er steuerte die Boote wieder zur Mündung des großen Flusses. Drei Tage lang suchte Teksen mit seinen Gefährten in dem sumpfigen, fast undurchdringlichen Gelände, ehe sie einen Stamm der fremden Menschen fanden. Diese Leute hatten wackelige und primitive Hütten auf Pfählen gebaut, die sie vor dem Sumpf und dem giftigen Getier das dort hauste, schützen sollten. Die Fremden waren dankbar für die Speisen, die ihnen Teksen anbot, doch als er sie einlud, auf die Boote zu kommen und mit ihm zu segeln, lehnten sie ab.

Der Priester tat, als ob ihm die Zurückweisung gleichgültig sei und ließ noch Maisgebäck reichen, welches mit wildem Honig gesüßt war. Allerdings enthielten die Süßigkeiten noch eine besondere Zutat, getrocknete, geriebene Coca-Blätter. Die Menschen des Stammes sprachen der Leckerei ausgiebig zu. Als die Gebäckstücke, die Teksen hatte an Land bringen lassen, alle verzehrt waren, gab er zu verstehen, dass weitere Vorräte an Bord der Boote seien. Alle fast siebzig Sumpfbewohner, Männer wie Frauen, folgten auf die Boote. Sie genossen weiteres Gebäck, wurden immer lustiger, lebhafter und sorgloser.

Der Abend brach herein und die Stimmung schien zum Besten. Teksen gab den Befehl, die Boote loszumachen. Es wurde dunkel und bald trieben die Boote auf das offene Meer zu. Erst im Morgengrauen, als die Wellen heftiger wurden, erkannten die Menschen aus den Sümpfen, was mit ihnen geschehen war. Sie klagten, jammerten und flehten, doch Teksen ließ sich nicht erweichen. Die Fremden waren hilflos, sie sahen nur Wasser und wussten nicht, wohin sie die Boote hätten steuern sollen und ergaben sich schließlich ihrem Schicksal.

Weitere elf Mal reiste Teksen in das Sumpfland und jedes Mal brachte er weitere ›befreundete Arbeiter‹, wie er sie nannte, mit. Die Menschen aus den Sümpfen hatten ihre Lage schnell erkannt. Sie waren Sammler und Jäger, sie hätten auf der Insel nicht überleben können. Sie mussten daher arbeiten, damit sie von ihren Entführern versorgt wurden. Die Frauen der Sumpfmenschen gingen den Maktonenen bei der Ackerarbeit im Tal zur Hand, während die Männer in dem Stollen gruben. Es gab noch nicht einmal Unmut bei diesen einfachen Menschen, die Nahrung war reichlich und war jemand krank, kümmerte sich Xaktan um die Heilung.

Teksen hatte bald erkannt, dass es keinen Sinn machte, nach dem Plan Akkats weiterzuarbeiten. Mit jedem Stück, das sie tiefer gruben, wurde die Luft schlechter. Die Suche nach einem Hohlraum im Fels war dem Zufall überlassen. Auch die Idee, auf den Terrassen kleine Sammelbecken anzulegen und das dort gesammelte Wasser in größere Becken umzuleiten, schien Teksen sinnlos. Er wusste von Xaktan, der schon mehrere Regenzeiten miterlebt hatte, welche Mengen an Regen fallen würden. Die Bauern hätten Tag und Nacht im strömenden Regen arbeiten und das Wasser umfüllen müssen.

So reifte in Teksen der Entschluss, nicht nach Hohlräumen zu suchen, sondern selbst Sammelbecken entlang des Stollens zu graben. Am Boden jeder Terrasse sollten Abflusslöcher gebohrt werden, die zu den Becken führten. Diese Abflussröhren mussten bei Bedarf geschlossen werden können. Ferner hatten sie den Vorteil, dass sie die Männer, die in den Stollen arbeiteten, mit etwas frischer Luft versorgten.

Es war eine mühsame Arbeit, die Löcher zu bohren. Sie mussten exakt gearbeitet sein, damit sie bei Bedarf ordentlich verschlossen werden konnten. Teksen hatte sich von dem letzten Boten, der das Dorf besucht hatte, Eisen, Kohle und Diamantensplitter mitbringen lassen. Die Diamanten tauschten die Maktonenen seit einigen Jahren mit einem Volk, das im östlichen Tal lebte, gegen Fleisch und Mais.

Er ließ Eisen schmelzen und zu langen Stäben gießen. Das eine Ende der Stäbe ließ er zunächst etwas dicker, dann aber zu einer Spitze formen, die in Längsrichtung mehrere Vertiefungen zeigte. Immer wieder wurde die Spitze in der heißen Kohle erhitzt und zuletzt die Diamantensplitter in das glühende Eisen eingearbeitet. Die Stäbe waren rund, die Oberfläche jedoch nicht völlig glatt, sondern auf der ganzen Länge leicht geriffelt. Er ließ aus jungen Zypressenbäumen und robusten Hanfseilen Bögen bauen. Die Schnur der Bögen wurde zweimal um die Stäbe gewickelt. Durch Hin- und Herbewegen eines Bogens drehte sich der Stab.

Teksen ließ acht der Bohrstäbe und zwanzig Bögen bauen. Beim Bohren der Löcher arbeiteten jeweils drei Mann an einem Stab. Zwei Mann bedienten einen Bogen, der dritte drückte gegen das stumpfe Ende des Stabes. An vier Löchern wurde gleichzeitig gearbeitet. Jeder Arbeitsgruppe standen zwei Bohrstäbe zur Verfügung; immer wieder mussten die Stäbe in regelmäßigen Abständen ausgetauscht werden, da das Eisen zu heiß und weich zu werden drohte. Dennoch gelang es, die Löcher Tag für Tag etwa zwei Fuß tiefer in den Fels zu treiben.

Im Berg wurde Tag und Nacht gearbeitet. Teksen hatte die Menschen aus den Sümpfen in zwei Gruppen eingeteilt. Wenn sich die eine erholte, musste die andere ihre Arbeit aufnehmen. Teksen hatte eine Idee Akkats aufgenommen und angeordnet, dass möglichst große Felsbrocken gewonnen werden sollten. Die abgebauten Stücke ließ er sofort bearbeiten, sodass sie zum Bau eines Tempels und anderer Gebäude verwendet werden konnten, sollte sein Volk eines Tages auf die Insel übersiedeln.

Teksen selbst gönnte sich kaum Ruhe und in den wenigen Stunden, die er nicht mit der Überwachung und Planung verbrachte, malte er sich aus, Priester und Maktan könnten ihm seine Sünden verzeihen, wenn sie das Werk sähen. So trieb Teksen die Fremden ständig zur Eile, gönnte ihnen mit Ausnahme des Schlafes und der Mahlzeiten kaum Ruhe. Die Baustellen waren sogar nachts spärlich mit Fackeln beleuchtet, um keine Zeit zu verlieren und arbeiten zu können. Die großen Anstrengungen forderten zunehmend Opfer. Xaktan verbrachte immer mehr Zeit mit der Pflege und Heilung der ausgebeuteten Menschen. Er hatte ein wenig deren Sprache gelernt. Sie taten ihm leid. Anfangs hatte er sich noch bemüht, auf Teksen einzuwirken, ihn zu drängen, den Menschen der Sümpfe nicht zu viel abzuverlangen. Doch Teksen gab nicht nach.

Seit Längerem ging Xaktan ihm aus dem Weg. Die beiden früheren Freunde wechselten kein Wort mehr. Xaktan war sich sicher, die Götter würden ihn nicht zu sich rufen. Sollte er einmal sterben, so musste er in die ewige Leere, konnte sich nicht mit anderen verstorbenen Priestern treffen und sich nicht an der Weisheit der Götter laben.

Vielleicht hätten ihm die Götter verziehen, dass er dem Plan Teksens zugestimmt hatte. Nicht verzeihen würden sie jedoch, dass er nichts gegen das Treiben unternahm. Doch was hätte er tun sollen? Die Männer, die Teksen mitgebracht hatte, unterstützten die Unterdrückung der Menschen aus dem Sumpf. Eine Nachricht an die Priester wäre niemals übermittelt worden. Er selbst konnte unmöglich ein Boot alleine steuern und wenn ein Boot einen Kurier zum großen Tal brachte, bestand Teksen als der älteste Priester stets darauf, selbst mit zu segeln.

Und jedes Mal, wenn Teksen von einer Kurierfahrt zurückkehrte, hatte er neue Sumpfbewohner an Bord der Boote.

Xaktan war traurig und enttäuscht, dass ausgerechnet sein bis dahin bester Freund ihn gezwungen hatte, gegen die Gebote der Götter zu verstoßen. Es tröstete ihn auch nicht, dass die Arbeiten an dem Berg zügig vorankamen und es ärgerte ihn, dass er sich eingestehen musste, dass der Bauplan Teksens hervorragend war. Sollten die Wasserbecken, die Zu- und Abflüsse fertiggestellt sein, war es einfach, das Regenwasser in die Becken zu leiten und die Felder zu bewässern. So sehr er sich auch für sein Volk freute, dem diese Anlage viel Mühe ersparen würde, so sehr litt er bei dem Gedanken an die vielen verlorenen Herzen der Sumpfbewohner.

KAPITEL 13

as für eine ungeheuerlich Anstrengung musste der Bau des Systems gewesen sein. Erik war beeindruckt. Was dieses Volk geleistet hatte mit primitivem Werkzeug machte ihn fassungslos. Dass dabei Menschen ausgebeutet wurden, nun, das war nicht schön, wenn auch unerlässlich. Ähnlich waren die Pyramiden entstanden, ähnlich war es doch heute noch. Er dachte an die unterbezahlten Bauarbeiter der Moderne, viele herangekarrt aus dem Osten, die für ein Butterbrot ihre Dienste anboten. Dennoch ging er davon aus, dass bei den Maktonenen ihr Tun aus der Angst und Sorge geboren war, unterzugehen. Nicht aus Eigennutz und Habgier. Es ging ums Überleben. So betrachtet, verstand Erik ihr Vorgehen. Er würde wohl auch so handeln, wären ihm die Bluttrinker auf den Fersen.

Der Maktan erwies sich als weiser Herrscher. Nokkat war stolz, dessen Lehrer gewesen zu sein. Der Erhabene hatte überall im Norden Beobachter entsandt, um jeden Schritt der Bluttrinker zu überwachen. So wussten die Maktonenen, dass die Bluttrinker nun in jener fruchtbaren Gegend lebten, die früher die Heimat der Maktonenen gewesen war. Im Frühjahr brachen die Bluttrinker zu ihren Beute-züger auf, kehrten jedoch in ihr Tal zurück, wenn der Winter nahte. Die Zeit, während der die Bluttrinker nach Süden zogen, war zu kurz, um in die direkte Nähe der Maktonenen zu gelangen. Seit dem Gespräch mit seinen Ahnen hatte sich der Maktan verändert.

Er war nachdenklicher geworden, fast traurig. Nokkat sorgte sich. Allen Versuchen des Maktonatl, den Grund für die Niedergeschla-genheit zu erfahren, wich der Erhabene aus. Der Maktan war nun alt genug, um einen Sohn zu zeugen. Der Priester und der Erhabene hatten eine Frau für den Maktan erwählt. Sie war jung, hübsch. Die Maktanit hatte neun Geschwister, sodass zu erwarten war, dass sie fruchtbar sein werde. Doch der erhoffte Sohn blieb aus.

Die Maktanit vertraute sich eines Tages Nokkat an.

»Maktonatl, ich weiß keinen Rat, vielleicht könnt Ihr mir helfen. Der Maktan ist ein guter Mann, er ist freundlich und zärtlich. Ich liebe ihn. Doch er besucht mich immer nur in den Zeiten des Blutes, wenn ich nicht schwanger werden kann. Bitte ich ihn an den frucht-baren Tagen zu mir, weicht er aus. Er behauptet dann, es sei nicht der geeignete Tag, um das göttliche Blut an einen Sohn weiterzugeben. Ich sage ihm, dass nicht das erste Kind der neue Maktan werden müsse, dass ich weitere Kinder haben wolle. Doch der Erhabene ent-zieht sich mir. Manchmal glaube ich, der Maktan will keine Kinder.«

Nokkat erschrak. Wer sollte das Volk der Maktonenen führen, wenn der letzte Maktan starb? Er suchte den Erhabenen auf, doch der Maktan wiegelte barsch ab.

»Maktonatl, sorge dich nicht um mich, sondern um das Volk. Ich weiß, was ich tue.«

Es verging Monat für Monat, Jahr um Jahr, doch der Bauch der Maktanit rundete sich nicht.

Die Nachrichten, welche die Späher im Sommer überbrachten, lösten im Dorf zunächst Freude aus. Die Bluttrinker waren nicht so weit gen Süden gezogen wie in den Jahren zuvor, und es war ausgeschlossen, dass sie in diesem Jahr die Maktonenen vertreiben würden. Doch der Maktan warnte.

»Priester, ich verstehe eure Freude nicht. Die Bluttrinker jagen uns seit langer Zeit. Ihr wisst doch, dass diese Ungeheuer glauben, dass sie die Klugheit eines anderen Menschen aufnehmen, wenn sie dessen Blut trinken. Kein Volk jedoch verfügt über so umfangreiche Kenntnisse über Pflanzen, Tiere und Sterne wie das unsere. Die Bluttrinker werden erst ruhen, wenn sie uns gefunden haben. Ihr glaubt doch nicht etwa, dass sie auf einmal von ihrem Ziel abblassen? Ich weiß, sie werden uns vertreiben.«

Bald wurden die Ankündigungen des Maktans bestätigt. Die Bluttrinker zogen sich im Herbst nicht nach Norden zurück. Sie hatten ein neues Dorf errichtet, viel südlicher als ihr bisheriges. Von ihrer neuen Heimat aus würden die Bluttrinker im nächsten Jahr wieder nach Süden ziehen, weiter nach Süden als zuvor, und dann auch die Maktonenen entdecken.

Der Maktan befahl, Vorräte an getrocknetem Fisch und gedörrtem Obst anzulegen. Ziegen sollten zusammengetrieben werden, um sie mit auf die Insel zu nehmen. Dem Boten, der vom Baufortschritt auf der Insel berichtete, wurde aufgetragen, Teksen zu informieren, dass im folgenden Frühjahr, wenn das Meer ruhiger sei, mit der Besiedlung begonnen werde. Ein Trupp Männer wurde zu dem großen Fluss geschickt, um dort nach dem Vorbild der Boote Teksens noch mehr Boote zu bauen.

Die Priester ließen sämtliches Gold zusammentragen und in Holzkisten lagern. Die Kisten wurden sorgfältig mit dem Saft des Kautschukbaumes abgedichtet, damit sie auf dem Meer keinen Schaden nehmen konnten. Immer wieder wurden fertig versiegelte Kisten vorab zum großen Fluss transportiert, um sie dort zu lagern.

Die Gewissheit, dass das Dorf verlassen werden musste, drückte jedem auf die Stimmung. Der Maktan schien jedoch besonders zu leiden. Er war schweigsam, hielt sich von allen fern. Auch die Maktanit beklagte, dass er ihr zunehmend aus dem Wege ging. Nokkat konnte dies nicht verstehen, denn immer, wenn er den Erhabenen beobachtete, war er der Überzeugung, dass der Maktan seine Frau mit Liebe und Hingabe, voller Sehnsucht ansah. Ansonsten war dem Maktan nichts von Interesse.

Das Dorf leerte sich. Fast fünftausend Menschen konnten nicht gemeinsam durch den Dschungel ziehen. Über weite Teile mussten die Flüchtenden im dichten Wald hintereinander laufen. Eine Menschenschlange aus fünftausend Herzen wäre zu auffällig gewesen und hätte vielleicht die Bluttrinker auf ihre Spur gebracht. Auch wäre es schwierig gewesen, sichere und ausreichend große Ruheplätze für die Nacht zu finden. Zuletzt hätte auch keine Möglichkeit bestanden, eine solch große Menschenzahl mit genügend Nahrung zu versorgen. Daher legten die Priester fest, dass stets Gruppen von höchstens zweihundert Herzen in einem Abstand von vier Tagen aufbrechen sollten.

Als die Frühlingssonne die Luft erwärmte, erschienen die Kundschafter und berichteten, dass die Bluttrinker nach Süden aufgebrochen waren. Noch bestand kein Anlass zu einer überstürzten Flucht. Neunzehn Gruppen hatten das Dorf bereits verlassen und auch die restlichen acht sollten geordnet abziehen.

Der Maktan hatte darauf bestanden, mit den Letzten das Dorf zu verlassen. Nokkat war entsetzt, er drängte darauf, dass der Erhabene mit einer früheren Gruppe fliehen solle, doch er hatte keinen Erfolg.

Zumindest konnte er erreichen, dass die Maktanit mit einem Trupp zum großen Fluss zog, der zehn Tage früher aufbrach. Der Moment, in dem sich der Erhabene von seiner Maktanit verabschiedete, zerriss Nokkat schier das Herz. Die Maktanit weinte bitterlich und auch der Maktan hatte Tränen in den Augen, als er seine Frau immer wieder an sich drückte, ihre Wange streichelte und küsste.

Als die Maktanit mit ihren Begleitern aufgebrochen war, eilte der Maktan in den Tempel und ließ drei Tage niemanden zu sich. Diese drei Tage hatten den Maktan verändert. Er war streng, zynisch und verbittert.

Die Kühle der Nacht lag noch in der Luft. Nokkat und die Männer der letzten Gruppe luden ihre Tragegestelle auf den Rücken. Auch der Erhabene bestand darauf, sein Gepäck selbst zu schleppen. Die Kundschafter hatten vermeldet, dass die Bluttrinker in zehn bis zwölf Tagen das Dorf erreichen könnten. Für die letzten hundertdreiundfünfzig Männer war es daher Zeit aufzubrechen, um sicher zu sein, dass sie nicht vereinzelten Gruppen von Bluttrinkern in die Hände fielen.

Der Maktan gab den Befehl zum Aufbruch. Fast jeder hatte Tränen in den Augen, drehte sich immer wieder um, warf einen letzten Blick auf das Dorf – nur der Maktan nicht. Mit steinernem Gesicht führte er die Gruppe an.

Noch einmal sah Nokkat die fernen, schneebedeckten Gipfel, die sich gegen den blauen, klaren Himmel abzeichneten. Bald, wenn die Sonne noch steiler in den Himmel stieg, würde Schnee schmelzen, das Wasser die Berge hinabrinnen und die noch trockenen Felder durchnässen. In saftigem Grün erschienen dann die Hänge, die Äcker brächten eine ausreichende Ernte.

Nokkat schüttelte sich. Die Felder würden nicht mehr ergrünen, niemand würde hier noch eine Ernte einbringen. Diese Gedanken schmerzten ihn.

Nach sieben Tagen hatten sie den Dschungel erreicht. Der Erhabene hatte kaum ein Wort gesprochen, zeigte keinerlei Regung. Nokkat konnte das Leiden des Maktan nicht länger ansehen. Am Abend, nachdem sie ihren Lagerplatz bereitet hatten, wandte sich der Priester an den Maktan.

»Erhabener, ich kenne Euch seit Eurer Kindheit. Wollt Ihr mir nicht anvertrauen, was Euch quält?«

Der Maktan schaute Nokkat lange und eindringlich an. »Vielleicht hätte ich auf den jungen Priester hören sollen. Vielleicht war es falsch, dass ich damals vor fast elf Sommern die Ahnen befragt habe. Wie viel Schmerz und Leid hätte ich mir seit dieser Zeit ersparen können.«

»Sorgt Euch nicht länger. Bald haben wir den großen Fluss erreicht. Von dort dauert es nur noch wenige Tage, bis wir auf der Insel sind. Auf die Insel werden uns die Bluttrinker nicht folgen und unser Volk kann in Ruhe leben.«

»Du verstehst mich nicht.« Der Maktan brach in Tränen aus. »Ich werde diese Insel niemals erreichen. Damals, vor elf Sommern, haben mir die Ahnen nicht nur geraten, vor den Bluttrinkern zu fliehen. Sie haben mir auch gesagt, dass es auf der Insel keinen Maktan geben wird. Kein Maktan, auch kein solcher, der es einmal werden wird, wird die Reise zur Insel überleben.«

Der Maktonatl erschrak. Er war zu entsetzt, um irgendwas zu antworten.

»Nokkat, du kannst dir nicht vorstellen, wie ich all die Jahre gelitten habe. Und nun …« Der Maktan stockte. »Es ist schon schwer genug, dass ich die Maktanit verlieren werde. Aber die Götter haben mir versichert, dass sie die Insel lebend erreicht. Doch noch schwerer fiel es mir in all den Jahren, der Frau, die ich über alles liebe, den sehnlichsten Wunsch, ein Kind, zu verweigern. Ich hätte es nicht über das Herz gebracht, einen Sohn zu zeugen in dem Wissen, dass er keine Zukunft hat. Du kannst dir nicht vorstellen, wie ich mich quälte, den Tränen und Bitten der Maktanit zu widerstehen.« Der Maktan schluchzte. »Und dann immer die Angst vor dem Tag, an dem ich den Befehl zum Aufbruch geben muss. Ich war um jedes Jahr froh, in dem unsere Kundschafter verkündeten, dass sich die Bluttrinker wieder nach Norden zurückgezogen hatten. Nachts wachte ich immer wieder entsetzt auf, weil ich träumte, ich hätte aus Angst um mein Leben den Befehl nicht gegeben, zur Insel aufzubrechen, obwohl die Bluttrinker in unserer Nähe waren.« Der Maktan atmete tief. »Dann die letzte Nachricht unserer Sucher, dass die Bluttrinker nun eine Siedlung in unserer Nähe bauen. Das Wissen, dass mir weniger als ein Jahr bleiben wird, weniger als ein Jahr mit der Maktanit, weniger als ein Jahr mit den Menschen, die ich liebe. Die Sorge um mein Volk und wie es ihm auf der Insel ergehen wird, machten mich fast verrückt. Die Neugier, wie diese Insel aussieht, die die neue Heimat unseres Volkes sein soll, werde ich nie befriedigen können.«

Der Maktan schwieg. Nokkat benötigte einige Zeit, das Gehörte zu verarbeiten. Der Maktan war ihm fast ein Sohn, er konnte sich nicht vorstellen, wie das Leben ohne ihn weitergehen sollte. Nokkat konnte nicht verstehen, warum die Götter seinem Volk den Maktan nehmen wollten. Dass es geschehen würde, daran hatte der Priester keinen Zweifel. Die Ahnen hatten mit ihren Orakeln noch nie geirrt und der Erhabene hatte die Götter noch nie falsch verstanden.

»Haben die Götter gesagt, wann genau und wie Euer Tod kommen soll?

»Nein, das haben sie nicht.«

»Warum habt Ihr mir nicht direkt nach dem Gespräch mit Euren Ahnen davon berichtet und immer geschwiegen?«

»Wozu? Ihr Priester hättet, um mein Leben zu schonen, unser Volk weiter in den Süden oder in das Tal geführt. Unser Volk hätte zu sehr gelitten und nicht überlebt. Ich durfte mit meinen Sorgen und Ängsten die Entscheidung der Priester zum Wohle des Volkes nicht beeinflussen.«

»Haben die Ahnen Euch gesagt, warum Euch die Götter rufen wollen?«

»Sie sagten, ein Priester würde gegen das oberste Gebot verstoßen. Sie sagten mir nicht, welcher Priester es sei und welche Sünde er begehen würde, doch sei es eine solch schlimme Tat, dass die Götter nicht mehr mit dem Volk sprechen könnten.«

Nokkat hatte das Gefühl, eine kalte Hand fasste ihn im Genick, ein Schauer rann durch seinen Körper.

»Teksen«, stöhnte er.

»Aber du hast ihn doch extra auf die Insel ziehen lassen, damit er im Dorf keinen Unfug anstellen konnte, womöglich noch gegen die Bluttrinker kämpfen würde. Ich wüsste nicht, welche Sünde er auf der Insel begangen haben soll.« Der Maktan sah Nokkat eindringlich an.

»Ich auch nicht, Erhabener, doch ich bin sicher, er hat.«

Die beiden Männer schwiegen. Nokkat war es unangenehm, den Maktan, der genügend Sorgen hatte, ständig mit Fragen zu überhäufen. Doch in dem Kopf des Maktonatl schwirrten so viele Probleme, dass er nach einer Weile das Gespräch wiederaufnahm.

»Wer soll in Zukunft die Geschichte des Volkes lenken, wer soll die Entscheidungen treffen?«

»Dies wird die Aufgabe der Priester sein.«

Es begann zu dunkeln.

»Lass uns schlafen. Morgen müssen wir wieder früh aufstehen, wir haben einen weiten Weg vor uns.«

»Ihr habt recht, Maktan, ich lasse zwei zusätzliche Wachen für Euch aufstellen, die Euch schützen können.«

»Wage es nicht. Du willst doch nicht gegen den Willen der Götter handeln!«

Der Maktonatl erwiderte nichts. Er verbeugte sich und ging zu den übrigen Männern. Den Wachen, die wie üblich nachts die Schlafstätte bewachten, schärfte er jedoch ein, ein besonders wachsames Auge auf den Maktan zu haben.

Nokkat sandte zwei Novizen los, die zum großen Fluss eilen sollten. Dort sollten sie einige Priester auffordern, zunächst allein zur Insel zu segeln und nach dem Rechten zu schauen. Er bat den Priester sich zu vergewissern, dass nichts auf der Insel auf eine Sünde hindeute. Jeder, der auf dem Eiland etwas von einer Sünde wisse, solle zum großen Fluss gebracht, aber von den übrigen Maktonenen ferngehalten werden.

Erik stand auf, streckte sich und dachte erschüttert an die vorhergesagte Sünde, die den Maktan zerstören würde. Ausbeutung. Tesken hatte gegen ein ungeschriebenes Gesetz verstoßen und damit das Volk in Gefahr gebracht, keinen Maktan mehr zu haben. So lässlich, wie Erik das Los der Arbeiter der Maktonenen vor diesem Abschnitt auf der Rolle fand, konnte er es nun nicht mehr sehen.

Gedankenschwer bereitete er sich Tee und aß ein Stück Fladenbrot dazu Dann ruhte er, denn inzwischen war Nacht geworden. Doch Träume ließen ihn immer wieder aufschrecken. Bluttrinker verfolgten ihn, sie kamen in Gestalt der Zombies aus den Horrorfilmen, dann wieder sah er in den Höhle, wie sich ausgemergelte Arbeiter abmühten, die Felsen für das Zuflusssystem zu bezwingen, manch einer brach vor Erschöpfung tot zusammen. In einem der Albträume hatten ihn die Bluttrinker erwischt und zerrissen seinen Leib. Noch vor der Morgendämmerung stand Erik auf, kochte Kaffee mit dem Quellwasser, wusch sich und ging zu den Rollen zurück. Entrollte die vom Vorabend wieder und las weiter.

Die nächsten Tage verliefen ohne Zwischenfall. Der Maktan hatte besonderen Schutz abgelehnt. Dennoch sicherten vier Männer stets unauffällig den Weg des Erhabenen. Der Boden wurde genau nach Schlangen abgesucht, mit ihren Schlagmessern hieben die Männer extra breite Wege durch die verschlungenen Pflanzen. Nokkat lief stets in unmittelbarer Nähe des Maktan.

Nokkat schätzte, dass ihre Gruppe in etwa sieben Tagen den großen Fluss erreichen würde. Er war müde und erschöpft. Seit er um die Nachricht der Ahnen wusste, hatte er kaum geschlafen. Die ständige Konzentration am Tag zehrte an seinen Kräften und Nerven. Die Hitze, die Feuchtigkeit und die Mücken setzten ihm außerdem zu. Auch den anderen Männern der Gruppe war die Erschöpfung anzumerken. Ihr Schritt war schwer und wenn das Unterholz dicht war, mussten sie die Macheten mit beiden Händen führen.

Die körperliche Erschöpfung lähmte auch den Geist. Nokkat beobachtete die drei Männer, die den Weg durch die dichte Vegetation bahnten. Wieder hatte das Schlagmesser eines Mannes eine Schlingpflanze durchtrennt. Mit dem Schwung beider Arme hob er das Messer erneut an, um zum nächsten Schlag auszuholen. Etwas Grünes hatte sich am Ende der Machete verfangen, es sah aus, wie ein Zweig der Schlingpflanze. Mit der Ausholbewegung des Mannes löste sich das Teil und flog auf Nokkat und den Maktan zu. Der Priester wunderte sich, dass sich die Pflanze im Flug zu bewegen schien. Er suchte nach einer Erklärung. Viel zu langsam wurde dem Maktonatl klar, dass eine Schlange auf sie zuflog.

Noch ehe er etwas unternehmen konnte, hatte sich die Schlange im Tragegestell des Maktan verfangen. Nokkat versuchte, sich auf die Schlange zu stürzen, er sah, wie sich ihr Körper spannte und ehe er eingreifen konnte, hatte sie dem Maktan ins Genick gebissen. Der Erhabene schrie auf, fasste mit seiner Hand an die Bisswunde, die Schlange fiel vom Tragegestell und schlängelte sich ins Unterholz.

Nokkat wusste nicht, welche Art Schlange den Maktan gebissen hatte, doch er hatte keinen Zweifel, dass sie Gift in den Zähnen führte. Der Priester sah die vor Schreck aufgerissenen Augen des Herrschers. Er zog die Hand des Erhabenen von der Wunde am Hals und sah die Bisswunde in gefährlicher Nähe der Ader des Lebens. Es war unmöglich, die Wunde aufzuschneiden und ausbluten zu lassen. Ohne ein Wort zu sagen, zwang der Maktonatl seinen Herrscher in die Knie und versuchte die Wunde auszusaugen, doch das Tragegestell war im Weg. Hastig begann er die Schnüre des Gestells, das um Brust und Hüfte gebunden waren, aufzubinden. Die Hände Nokkats zitterten. Die Zeit und das Leben des Maktan rannen durch seine Finger. Endlich gelang es ihm, das Tragegestell abzunehmen. Ein

Blick in die Augen des Erhabenen zeigte ihm, dass das Gift bereits zu wirken begann.

Der Maktonatl sog an der Wunde, spuckte zwischendurch immer wieder aus.

Der Maktan wurde immer schwerer in seinen Armen. Plötzlich zog ihn der Herrscher an seine Lippen. Mit schwacher Stimme flüsterte er zu Nokkat. »Lass mich hier zurück, nicht auf die Insel. Sagt der Maktanit, wie sehr ich sie liebte, erklärt ihr alles … Ahnen hatten recht … lass das Volk nicht im Stich …«

Der Körper des Maktan krümmte sich. Der Erhabene rollte mit den Augen wild hin und her, bäumte sich noch einmal auf und fiel in die Arme des Maktonatl zurück.

Das Schlimme war eingetreten, der Maktan war tot. Nokkat traute sich nicht, nach oben zu schauen. Er sah die Füße der Männer, die sich um ihn scharten und wusste, dass sie erwartungsvoll auf ihn und den Maktan schauten.

Was sollte er den Männern sagen? Er selbst fühlte sich leer und hilflos. Schluchzen und Weinen um ihn herum sagten ihm, dass auch die übrigen Männer erkannt hatten, dass der Maktan gestorben war.

Er musste nun das Wort ergreifen, die Entscheidungen treffen, ehe es ein anderer tat und die Lage außer Kontrolle geriet. »Bereitet alles vor, damit wir den Maktan hier den Göttern übergeben können, es war sein Wille.«

Schweigend machten sich die Männer an die Arbeit, sammelten trockenes Holz, wickelten den Maktan in weiße Tücher. Sie arbeiteten wie in Trance, schweigend, bedächtig, als könne eine zu schnelle Bewegung weiteres Unheil anrichten.

Mit der hereinbrechenden Dämmerung entzündeten sie ein Feuer, in dem der Leichnam des Maktans verbrannt wurde und mit dem aufsteigenden Rauch sandten sie ihren Herrscher zu den Göttern.

Nachdem die Glut erloschen war, zog sich jeder zurück. Einige, um in kleinen Gruppen das Geschehene leise zu besprechen, andere, um alleine zu trauern. Auch Nokkat fand keine Ruhe. Zu viele Fragen quälten ihn.

Wie würde das Volk die Nachricht aufnehmen? Würde es auseinanderfallen, wenn es keinen Herrscher gäbe? Würde das Volk auf die Priester hören, wenn sie wüssten, dass einer von ihnen die Schuld am Tod des Maktan trug. Auf jeden Fall musste vermieden werden, dass die einfachen Bauern erfuhren, welche Schuld die Priester auf sich geladen hatten. Ohne Priester hatten die Maktonenen keine Führung, und dann war es nur eine Frage der Zeit, bis es das Volk nicht mehr gäbe.

Nokkat plante die ersten Schritte. Streit und Zweifel an den Priestern konnte nur verhindert werden, wenn alle Maktonenen auf der Insel gelandet waren. Es musste verhindert werden, dass auch nur ein Mensch des Volkes die Insel wieder verlassen konnte. Die Götter hatten diese Insel für die Maktonenen bestimmt. Sie zu verlassen, wäre der zweite Verstoß gegen den Willen der Götter gewesen. Er wollte sich, wenn die Zeit gekommen war, mit den Priestern beraten, doch Nokkat war entschlossen, alle Boote vernichten zu lassen, wenn sie die Insel erreicht hatten, um den Willen der Götter umzusetzen.

Im Morgengrauen sandte Nokkat einen Novizen zum großen Fluss. »Metekan, berichte den Priestern, was geschehen ist. Achte jedoch darauf, dass niemand sonst vom Tod des Maktan erfährt. Richte den Priestern aus, sie sollen so schnell wie möglich alle Maktonenen zur Insel bringen lassen. Wir werden uns so lange hier im Dschungel verstecken, bis wir als letzte zur Insel reisen. Sie sollen uns eine Nachricht senden, wenn unser Tag gekommen ist.«

Der Novize verneigte sich und eilte davon.

Der Befehl Nokkats, zunächst im Dschungel zurückzubleiben, nahmen die Männer anfangs mit stoischer Ruhe hin. Woche für Woche zog dahin und es entging dem Priester nicht, dass die Unzufriedenheit unter den Männern zunahm. Schlangen, Fieber und Erschöpfung forderten zunehmend Opfer. Doch zugleich freundeten sie sich mit einer Gruppe kleiner Menschen an, die auf der Jagd nach Tieren durch den Dschungel zogen. Sie benutzten Rohre und vergiftete Pfeile, um Tiere zu erlegen. So erfuhr Nokkat viel von neuen Giften, aber auch von Pflanzen, die heilten.

Die heißeste Zeit des Jahres war vorüber, doch der feuchte Urwald kühlte nur wenig ab. Endlich, nach einundzwanzig Wochen, erschien Metekan und berichtete, dass die letzten Boote zur Insel vor sieben Tagen abgesegelt seien. Doch die weiteren Nachrichten Metekans waren schrecklich. Viele Maktonenen hatten in den Sümpfen an den Ufern des großen Flusses ihr Leben gelassen, darunter auch vier Priester. Immer wieder seien auch Boote nicht auf der Insel angekommen und die Priester vermuteten, dass sie den Stürmen auf dem großen See nicht gewachsen waren. Da jedes Boot von einem Priester geführt wurde, der die Sterne beobachtete und danach das Boot steuern konnte, habe durch die verschollenen Boote die Zahl der Priester auf neun abgenommen.

Mit nur noch dreiundachtzig Mann brach der Maktonatl auf, um das letzte Stück zum großen Fluss zu bewältigen. Erleichterung und Trauer stiegen in ihm auf, als er den Platz verließ, an dem er den letzten Maktan in den Armen gehalten hatte.

Als Teksen die Nachricht des Boten vernahm, dass unverzüglich mit der Besiedelung der Insel begonnen werden solle, formte sich sein Gesicht zu einer hässlichen Grimasse.

»Können die nicht noch zwei Sommer warten. Viel mehr Zeit hätte ich nicht benötigt und der Berg wäre vom Tal bis zum Gipfel mit Terrassen und Wasserspeichern angelegt. Jektsen, wie viel Zeit bleibt uns noch, bis die ersten unseres Volkes hier anlanden werden?«

»Ich denke noch drei bis vier Monde.«

»Nicht gut. Dann bleibt uns kaum noch Zeit, unsere Gäste wieder zurückzubringen.«

»Könnten sie nicht auf der Insel bleiben und das Werk fertigstellen, hoher Teksen?«

»Ich glaube nicht, dass dies die Priester gerne sähen, oder was meinst du?«

Der Bote schüttelte den Kopf. »Nein, das glaube ich auch nicht. Aber ich weiß nicht, wie wir erklären sollten, wie das Werk sonst geschaffen wurde.«

»Meine Brüder wird es sicherlich weniger stören, dass Gäste uns geholfen haben, schlimmer wird es für sie sein, wenn sie den Zustand unserer Gäste sehen. Sie sehen wahrlich nicht alle gesund und wohlgelaunt aus. Deshalb müssen die Gäste so schnell wie möglich dorthin, wo sie hergekommen sind – ins Sumpfland. Die ersten müssen schon morgen früh weg. Suche die schwächsten und ältesten Gäste aus und lasse sie morgen früh auf die Boote bringen. Die restlichen sollen ein Loch in die Felswand schlagen, damit das Wasser irgendwann aus den Höhlen abfließen kann.«

Jektsen nickte, verbeugte sich und ging. Er fand nicht richtig, was Teksen anordnete. Der Priester hatte ihn einst überzeugen können, dass es für die Menschen der Sümpfe ein Segen sei, mit ihnen auf der Insel zu arbeiten. Als er erstmals die Not der Menschen aus dem Sumpfland sah, glaubte er fest, dass sie auf der Insel ein besseres Leben führen müssten. Der Bote sah zwar im Laufe der Zeit, dass Teksen den Fremden unmenschliche Leistungen abverlangte, er sah auch die hohe Zahl der Opfer, tröstete sich jedoch damit, dass die Überlebenden gemeinsam mit den Maktonenen den Segen des Werkes genießen könnten, wenn es fertiggestellt war.

Nun musste er erkennen, dass Teksen ihn und alle anderen angelogen hatte. Der Priester wollte den Menschen aus dem Sumpf nicht helfen, sondern sie als Arbeitskräfte ausnutzen. Doch Jektsen wusste, er durfte sich nicht gegen Teksen wenden. Der höchste Priester der Insel duldete keine Widerrede. Der andere Priester, Xaktan, sprach überhaupt nicht mehr und kümmerte sich nur noch um die Kranken und Verwundeten.

Missmutig stieg der Bote zu den schäbigen Hütten der Sumpfbewohner, um den Befehl Teksens umzusetzen.

Schwache und verletzte Arbeiter gab es zur Genüge. Er ging von Hütte zu Hütte und war überrascht, dass die meisten Sumpfbewohner nicht zurück in ihre Heimat wollten. Die regelmäßige Versorgung mit Nahrung und die medizinische Betreuung durch Xaktan schienen für die meisten die Qual der Arbeit aufzuwiegen.

Der Bote suchte erneut Teksen auf und schilderte ihm die Stimmung unter den Arbeitern.

»Sag ihnen, dass wir Vorräte für die Menschen unseres Volkes anlegen müssen und dann nicht genügend Nahrung für sie übrigbleibt. Sag ihnen, dass, wenn unser ganzes Volk auf die Insel gezogen ist, auch kein Platz mehr für sie sein wird.«

Jektsen war entsetzt über die Kaltblütigkeit Teksens. Er sehnte sich andere Priester herbei, die Teksen Einhalt gebieten und ihn selbst von seinen seelischen Qualen befreien würden.

Widerwillig überbrachte er den Fremden die Nachricht Teksens. Er sah den Hass und die Wut in den Augen, aber auch Resignation und

Trauer. Schließlich standen die Ersten auf und erklärten sich bereit, die Insel zu verlassen.

Kaum waren die beiden Boote von einer Fahrt zurück, wurden weitere Menschen der Sümpfe auf die Boote verladen und in ihre Heimat zurückgebracht. Teksen trieb die verbleibenden Fremden noch strenger zur Arbeit an. Fast jeden Tag waren nun Tote unter den Arbeitern zu beklagen. Teksen scherte dies nicht. Die Götter, da war er sich sicher, würden ihn ohnehin nicht zu sich rufen und so wollte er jeden Tag die letzten Kräfte der Menschen aus dem Sumpf nutzen, um das Werk zum Wohle seines Volkes zu vollenden. Außerdem sagte er sich, dass jeder Fremde, der auf der Insel sterbe, nicht zurückgebracht werden müsse.

Tag für Tag suchte er den Horizont ab in der Furcht, die Ersten seines Volkes könnten die Insel erreichen, ehe er die Spuren seiner Sünde verwischt hatte. Er stand zu dem, was er getan hatte, dennoch schämte er sich bei dem Gedanken, sich den Augen seines Volkes und der unschuldigen Bauern mit dem Zeichen seines Verbrechens, den geschundenen Sumpfbewohnern, zeigen zu müssen. Dann würde er auch den Menschen seines Volkes die Möglichkeit nehmen, von den Göttern gerufen zu werden, denn auch derjenige sündigt, der eine Sünde ansehen muss.

Doch es schien, als habe er Glück gehabt. Vier Tage, nachdem das Boot mit den letzten Sumpfbewohnern die Insel verlassen hatte, meldete ihm Jektsen Segel am Horizont. Als das Boot näherkam, erkannte er voller Stolz, dass die Priester beim Bau der Boote seine Pläne übernommen hatten. Mit Sicherheit würden ihn die Priester für diese Bootskonstruktion, aber auch für die Fortschritte bei der Gestaltung der Insel loben.

Erst als das Boot in der Bucht einlief, nahm er verwundert wahr, dass es lediglich mit Priestern besetzt war. Ein Gefühl von Angst und Verunsicherung breitete sich in seinem Magen aus.

Das Boot machte am Strand fest und die Priester kamen wortlos auf ihn zu. Sie packten Teksen am Arm und führten ihn von den übrigen, verwundert dreinschauenden Maktonenen weg, bis sie außer Hörweite waren. Erstaunt erkannte Teksen, dass der Maktonatl nicht unter den Priestern war. Akkat führte das Wort.

»Warum hast du den Maktan getötet? Welche Sünde hast du begangen? Warum hast du unser Volk ins Verderben geschickt?«

»Ich, ich verstehe nicht«, stotterte Teksen überrascht.

»Du verstehst sehr wohl, wir wissen, dass du eine Sünde begangen hast, auch die Götter wussten es und haben daher den Maktan zu sich gerufen. Die Maktonenen werden nie mehr einen Maktan haben. Du weißt, was das heißt.«

»Ich habe doch nur zum Wohl unseres Volkes …«

»Beleidige unser Volk nicht und belaste es nicht mit deinen Sünden. Du hast uns bereits beleidigt, als wir dir vertrauten. Wer weiß noch von deinen Sünden?«

Teksen blickte betreten zu Boden. So hatte er sich das erste Treffen mit den Priestern nicht vorgestellt. Besonders litt er unter der Nachricht, dass er Schuld am Tod des Erhabenen trage und den Maktonenen kein neuer Maktan entsandt werden sollte. Nur langsam konnte er seine Gedanken ordnen und schilderte gebrochen von seinem Plan, von seinem Vergehen und dass alle Männer der Insel von der Sünde wussten.

Den Priestern war ihr Entsetzen anzusehen. Die Schilderungen Teksens wurden immer wieder durch einen Schreckensruf oder ein Stöhnen unterbrochen. Nachdem Teksen geendet hatte, benötigte auch Akkat einige Zeit, bevor er Worte fand.

»Glaubst du wirklich, unser Volk könne in Ruhe leben, wenn es darum weiß, dass sein Glück auf dem Leben und Leiden anderer Menschen aufgebaut ist? Der Maktonatl schilderte mir die Überlegungen der Götter, die sie vor elf Sommern dem Maktan mitgaben. So sei es die große Sorge der Regengöttin gewesen, dass in unserem Volk Streit ausbricht, gegen alle Gebote der Götter verstoßen wird, wenn auch nur einmal von einem Maktonenen gesündigt wird. Glaubst du, unser Volk würde die Götter noch achten, wenn es wüsste, dass ein Priester die schlimmste aller Sünden begangen hat? Wie sollen wir Priester dem Volk sagen, was falsch und was richtig ist, wenn wir uns selbst nicht daran halten? Würde das Volk noch jemals auf einen Priester hören, wenn es wüsste, dass die Sünde eines Priesters dazu führte, dass ihnen der Maktan genommen wurde?«

Teksen brachte kein Wort über die Lippen. Er traute sich nicht aufzuschauen und die Priester anzusehen.

»Glaubst du jetzt immer noch, dass du zum Wohle des Volkes gehandelt hast?«

»Nein«, stammelte Teksen, »doch was soll ich jetzt tun?«

»Rufe deine Männer zusammen. Wir werden alle zurücksegeln. Du und deine Männer werden am großen Fluss abgesetzt, damit ihr nicht mit den Menschen unseres Volkes sprechen könnt. Wir werden euch wieder abholen, wenn wir mit dem Maktonatl beraten haben, was mit euch geschehen wird.«

KAPITEL 14

a wollte einer nur das Beste für sein Volk und ließ dafür ein anderes Volk leiden. War es heute in der Welt da draußen, die Erik niemals wiedersehen wollte, nicht genauso? Hatte sich jemals etwas geändert auf Erden? Nein, gab Erik sich die Antwort. Nach einer kurzen Pause las er weiter.

Über ein halbes Jahr verbrachten Teksen, Xaktan und die übrigen Männer am nördlichen Ufer des großen Flusses. Das letzte Boot, das Menschen ihres Volkes zu der Insel brachte, hatten sie vor drei Monaten gesehen. Die Männer blieben zwar zusammen, wie es ihnen von den Priestern befohlen worden war, doch sie sprachen kaum ein Wort miteinander. Auch wenn niemand etwas sagte, so warfen sie sich innerlich doch gegenseitig vor, schuld an ihrer misslichen Lage zu sein. Insbesondere Teksen wurde von allen gemieden. Die Priester hatten ihn aus ihrer Gemeinschaft verstoßen, über Xaktan berieten sie noch.

Endlich erschien ein Boot mit Priestern und hielt auf das nördliche Ufer zu. Die Männer sammelten sich am Ufer. Die Priester verließen das Schiff, der Maktonatl als letzter. Er war alt geworden, seine Haltung gebeugt und in den tiefen Falten seines Gesichts standen all die Sorgen und schlaflosen Nächte der letzten Monate geschrieben.

»Wir haben beschlossen, dass niemand außer euch und den Priestern von euren Sünde wissen darf. Niemand darf das Werk sehen und so von dem Verbrechen erfahren. Wir werden auf dem Gipfel des Berges eine große Mauer errichten und nur Priester werden Zugang zu dem Gelände hinter der Mauer haben.«

So also war es dazugekommen, dass keiner mehr die Höhlen aufsuchen konnte. Nun war Erik der Erste, der dieses grandiose Werk nach ewigen Zeiten wiederentdeckt hatte. Er war zutiefst erschüttert, er war kein Priester und dennoch hatte er den Zugang gefunden? Wie konnte das denn möglich sein? Verwirrt und mit klopfendem Herzen las er weiter.

Nokkat atmete tief und es war ihm anzusehen, wie schwer es ihm fiel, den Beschluss der Priester zu verkünden.

»Teksen, du hast Schuld auf dich geladen und diese Männer ebenfalls zu Schuldigen gemacht, doch will ich dir Anerkennung für die Planung des Werkes aussprechen. Allerdings müssen wir noch Verschlüsse für die Wasserzuflüsse bauen, da viel von dem Wasser, das auf die Felder ausgebracht werden soll, wieder in die Wasserbecken zurückfließt.«

Erneut musste der Maktonatl eine kurze Pause einlegen.

»Der Maktan ist tot und daher benötigen wir das gelbe Eisen nicht mehr, mit dem wir seinen Tempel zierten. Das gelbe Eisen rostet nicht, sodass wir daraus Verschlüsse und sonstige zur Vollendung des Werkes notwendige Teile formen werden. Dennoch ist es eine mühsame Arbeit, jeden Abend die Verschlüsse zu öffnen und zu schließen.«

Die wartenden Männer hingen an Nokkats Lippen. Bisher hatten sie noch nichts über ihre Zukunft erfahren und mit jedem Satz des Maktonatl stieg die Anspannung.

»Es steht den Priestern nicht zu, euch aus eurem Volk zu verbannen. Ich bin mir jedoch sicher, dass euch allen am Wohl unserer Gemeinschaft gelegen ist. Darum haben wir beschlossen, dass ihr, die ihr um die Sünde wisst, am Bau der großen Mauer am Gipfel helfen sollt und nur hinter dieser Mauer leben dürft, damit das Volk nicht von euren Sünden erfährt. Teksen jedoch wird in seinem Werk leben, die Verschlüsse bedienen und so zum Wohl des Volkes arbeiten. Der Priester Xaktan wird ihn begleiten. So sollen sie erfahren, welches Leid sie dem Volk zugefügt haben und welches Leid der Maktan für sein Volk auf sich genommen hat. Niemand darf von der Sünde erfahren. Auch die reinen Herzen der jungen Priester, die wir ausbilden werden, werden wir nicht mit dem Wissen um die Sünde belasten. Nur der, der ausschließlich das Gute kennt, wird auch Gutes tun können. Wenn alle Priester, die von der Geschichte dieses Werkes wissen, von den Göttern gerufen wurden, werden die neuen Priester auch wieder das Recht haben, das Volk zu führen. Wir müssen darauf achten, dass stets zwei Männer das Werk bedienen. Sollte einer der beiden zu den Göttern reisen, so wird der Maktonatl ihn ersetzen. Hinter den Mauern soll der älteste Priester als neuer Maktonatl bestimmt werden, so wie es unsere Tradition will. Nur die Hüter des Werkes sollen jedoch von der Sünde erfahren und mit dem Wissen, was geschah, den Maktonatl beraten. Wir sind nicht mehr das Volk, das die Götter besonders liebten. Mit dem Tod des Maktan beginnt für uns Priester und das Volk eine neue Zeit, das erste Jahr der Vertreibung.«

Die Männer ergaben sich dem Beschluss der Priester.

Nur zweitausendachthundertvierzehn Herzen erreichten die Insel. Noch elf Mal fuhr ein Boot der Maktonenen zurück zum großen Fluss, brachte Pflanzen, Ziegen und weiteres Gold zur Insel. Dann ließen die Priester alle Boote vernichten, die Bäume fällen, die zum Bootsbau geeignet waren, um für alle Zeiten dafür zu sorgen, dass das Volk der Maktonenen nicht auseinanderfallen möge.

Nokkat zog sich von den übrigen Priestern zurück. Wie konnte es passieren, dass einer der ihren dem Volk solchen Schaden zufügte? Hatten er und die anderen Priester bei der Ausbildung Teksens versagt? Hatten sie bei der Unterrichtung der Novizen die falschen Worte gewählt? Wie konnte verhindert werden, dass in Zukunft erneut ein Novize die Worte nicht verstand?

Der alte Maktonatl machte sich nichts vor. Auch die Geschichte der großen Sünde würde, je öfter die Priester sie weitererzählten, immer mehr von den wahren Begebenheiten abweichen. Ferner durften die Novizen und die reinen Priester nicht von der großen Sünde erfahren, dieses Wissen durfte nur den Hütern vorbehalten bleiben.

Monatelang grübelte der Oberpriester und sann darüber nach, wie man ein gesprochenes Wort so dauerhaft festhalten konnte, dass es an seiner Bedeutung keinen Zweifel geben konnte. Er entwarf den Kopf eines Menschen, welcher von den Strahlen der Sonne umgeben wurde und sah bald ein, dass dieses Bild sowohl den Maktan als auch den Sonnengott hätte darstellen können. Der hagere Mann magerte noch weiter ab. Nächtelang konnte er nicht schlafen und verzweifelte an seiner eigenen Ratlosigkeit. Immer wieder sehnte er sich den weisen Maktan herbei, der sicherlich eine Lösung gefunden hätte. Und wenn er an den Maktan dachte, befiel ihn Traurigkeit, die seine Gedanken weiter lähmte. Manchmal glaubte Nokkat, den Verstand zu verlieren. Jeden Abend stieg er hinaus auf den Felsen, beobachtete den Sonnenuntergang und hoffte, einer seiner Vorgänger könnte ihm Zeichen geben.

Wie einfach war es doch, den Kindern das Sprechen beizubringen und mit der Sprache alles Wissen zu überliefern. Der große Maktonatl Amndaka hatte sich damals, als das Volk noch Handel mit den Gaktse trieb, einen Weg ausgedacht, ihre Freunde die Sprache der Maktonenen zu lehren. Immer wieder übte er mit ihnen, Mund und Zunge richtig zu bewegen, um den Klang der Sprache nachbilden zu können. Auch heute noch wurden die Novizen auf diese Weise unterrichtet, um die Reinheit der Sprache zu erhalten. Während Nokkat über die Sprachübungen nachdachte, spürte er einen Schauer in sich aufsteigen. Wie konnte er so lange blind sein, so viel wertvolle Zeit verschwenden? Jedes Wort bestand aus verschiedenen Lauten. Wenn es gelänge, für jeden Laut ein Zeichen zu finden, so musste sich aus deren Aneinanderreihung ein Wort ergeben.

Einige Tage trug Nokkat diesen Gedanken mit sich herum, malte aufwendige Zeichen und war glücklich, wenn es ihm am nächsten Tag gelang, sie zu einem Wort zusammenzusetzen. Erst danach wandte sich der Maktonatl an die Priester und forderte sie auf, alle Laute zu erfassen, die die Sprache der Maktonenen kannte. Das Ergebnis war unbefriedigend. Tagelang diskutierten die Priester, ob unterschiedliche Klänge auf einer falschen Aussprache beruhten, sich aus zwei Lauten zusammensetzten oder einen eigenständigen

Laut darstellten. Und so pendelten die Angaben der Priester zwischen zwanzig und neunundzwanzig Lauten. Wenn sich aber schon die Priester nicht einigen konnten, so war es umso wichtiger, Sprache, Worte und Wissen für immer unveränderbar festzuhalten.

Schließlich, nach Monaten des Versuches und des Verwerfens immer wieder neuer Ideen, erstellte er aus Kreisen, Punkten und geraden Strichen ebenso viele Symbole, wie die Anzahl der Priester des Maktan war.

Erst während seiner Ausarbeitung wurde Nokkat klar, dass sich mit Hilfe der Symbole nicht nur die Geschichte der großen Sünde dauerhaft wahren ließ, nein, auch alles Wissen der Priester über Gestirne, Pflanzen und Tiere, über die Geschichte des Volkes, konnte so gesichert werden.

Doch worauf sollten diese Zeichen verewigt werden? Sie in Stein zu schlagen, wäre zu mühsam und bei dem großen Wissen der Priester würde es zu lange dauern, alle Kenntnisse festzuhalten. Ähnlich dachte der Maktonatl auch über gebrannte Tonplatten. Er bat seine Brüder, feinsten Baumwollstoff zu weben. Immer wieder braute er Mixturen aus den Blättern der Lotusblume, gab Öl aus den Kernen der Weißblütenpflanze hinzu und andere Kräuter, die er aus den Tagen kannte, als sein Volk noch nahe dem Schnee lebte.

Nach vielen Versuchen war er endlich zufrieden. Aus Asche, der er ein wenig Wasser zugab, gewann er die Farbe, die er mit einem feinen Holzstab auf den Stoff auftrug. Zeilen oder Worte, aber auch ganze Rollen wurden mit einer Tinktur aus Erdfruchtsaft, Lotusblume, Harz und Weißblütenöl bestrichen. Die Rollen blieben elastisch, aber nicht mehr so weich wie der nackte Stoff. Sie trotzten der Sonne und der Feuchtigkeit und lediglich große Mengen Wasser vermochten ihnen Schaden zuzufügen.

Der Maktonatl erklärte die Zeichen seinen Brüdern, wies sie an, die Novizen in den Symbolen zu unterrichten. Doch nur die Priester und Novizen sollten dieses Wissen wahren, denn sie waren gefestigt in ihrem Glauben. Nie sollten die einfachen Maktonenen von dem erfahren, was die Männer hinter der großen Mauer wussten. Es hätte den Männern und Frauen den Verstand geraubt, Begierlichkeit geweckt und den Frieden des Volkes gefährdet.

Nokkat begann die Geschichte der Maktonenen niederzuschreiben, ihre Flucht, die Vertreibung, den Tod des Maktan und die große Sünde. Teksen starb und Nokkat wurde Hüter und er ließ auch in den Höhlen nicht von seinem Werk ab. Auf Xaktan folgte der Maktonatl Kekte.

Der alte Mann schrieb stets weiter, von Sonnenaufgang bis Sonnenuntergang, so lange das Licht die Arbeit zuließ.

Oft dachte er, seine Zeit sei gekommen, er fühlte sich schwach und seine Augen verloren ihre Kraft. Immer wieder betete er zu den Göttern, sie mögen ihn noch nicht zu sich rufen, bis er seine Aufgabe beendet hätte. Die Jahre gingen ins Land.

Endlich hatte Nokkat alles aufgezeichnet, was ihm wichtig erschien. Er bat Kekte zu sich, der bereits so schwach war, dass auch ihm bald ein neuer Hüter folgen würde.

»Achte darauf, dass jeder neue Hüter zuerst diese Schriften liest. Kein anderer Priester darf jedoch von den Worten erfahren, die ich hier aufgeschrieben habe, die würden sein reines Herz zerstören. Nie soll ein Hüter, der diese Schriften gelesen und über sie nachgedacht hat, sich unter das Volk begeben, zu den Priestern und Novizen gehen, denn dann sind sein Herz und seine Seele krank. Deshalb soll er keine gesunden Herzen anstecken.«

Noch am gleichen Abend reiste Nokkat zu den Göttern.

KAPITEL 15

ald kannte jeder auf der Insel den hageren Mann, der morgens manchmal in San Cristobal stand, große Vorräte an Würsten und sonstigem Essbaren erwarb und erst nach Sonnenuntergang wieder den Tempelberg hinaufstieg. Immer trug er ein buntes Tuch wie einen Rock um die Hüfte gewickelt. Die Wirtin erinnerte sich an einen Touristen, der ihr einst diesen Stoff abgekauft und darauf bestanden hatte, mehr zu bezahlen, als sie wollte. Auch Paco dachte oft an jenen schweigsamen und nachdenklichen Fremden. Bald war sich jeder sicher, dass dies jener seltsame Mann war, der als Tourist auf die Insel gekommen und nie mehr abgereist war.

Seit seiner Ankunft auf der Insel hatte er sich verändert, ein dichter Bart war ihm gewachsen, der ihm bis auf die Brust hing, er hatte Gewicht verloren, aber er ging aufrechter und es schien, als schaue er durch die Menschen, die ihm begegneten, hindurch, als würde er sie gar nicht sehen. Fast war es, als lebte er in einer anderen Welt. Niemand wusste, wo er wohnte und lebte, aber es war ein Tabu, dem Fremden nachzusteigen und nachzuforschen. Mit diesem seltsamen Mann waren Sonnengott und Regengöttin wieder zu den Maktonenen gekommen und die Götter sollten nicht noch einmal verärgert werden.

Wenn er nicht die Felder bewässerte oder Schriftrollen studierte, quälte Erik die Frage, wer nach seinem Tod von dem Geheimnis wissen müsse. In keiner der bisher gefundenen Schriftrollen fand er den Hinweis, was bei der Ausbildung eines Priesters zu beachten sei. Es würde sicherlich noch Jahre dauern, bis er sich einen Überblick über sämtliche Rollen verschafft hatte. Aber er fühlte, dass er die Antwort erfahren würde. Das Wissen floss aus den Aufzeichnungen in ihn, daran hatte er sich längst gewöhnt. Er befand sich beim Lesen in einem fremdartigen Zustand, hörte und sah Dinge, die ihm jemand eingab. Erik schloss nicht aus, dass es die Götter waren, die ihm das Wissen eingaben.

Dies musste ein Zeichen sein. Sogar Coxlan hatte geschrieben, dass die Götter einem Würdigen den Weg zu ihren Höhlen zeigen würden, der die Schriften der Priester studieren sollte. Und je länger Erik darüber nachdachte, umso sicherer wurde er sich. Er war auserwählt, das Erbe der Priester fortzuführen, ihr Wissen und ihre Weisheit zu pflegen. Ja, er hatte keine Zweifel mehr, er war der 293. Maktonatl.

Er war durch tiefsten Schmerz gewatet, ein halbes Leben lang, hatte sich nach Finns Tod jahrelang dem Leben verweigert, war hier gestrandet und nun war ihm eine wertvolle Aufgabe geschenkt worden.

Doch aus Coxlans Schriften wusste er, wie schnell in den Höhlen ein Unglück geschehen konnte.

Sollte er sterben, ohne sich einem Dritten anvertraut zu haben, so drohten der Insel erneut Hunger und Not. Dies konnte er nicht zulassen. Nicht noch einmal sollte dem Volk der Maktonenen durch eine falsche Entscheidung eines Priesters Unglück widerfahren.

Nach langem Zögern suchte er Antak, den Inselältesten auf.

»Antak, ich habe lange nachgedacht und mir meine Entscheidung nicht leichtgemacht. Ich muss mein Wissen über die Kaskaden mit dir teilen.«

Der alte Mann schaute ihn ängstlich, beinahe entsetzt an. »Bist du dir sicher, dass ich der Richtige bin? Ich bin doch deines Wissens nicht würdig.«

»Wem soll ich mich sonst anvertrauen? Forschern? Der Presse?«

»Um Himmels willen. Nein. Musst du dein Wissen unbedingt mit jemandem teilen?«

»Ja, Antak, denn sonst enden die Tage der fruchtbaren Zeit der Felder, wenn die Götter nach mir gerufen haben. Ich verbringe nur wenig Zeit in San Cristobal. Ich kann niemanden aussuchen, der geeignet wäre, dass ich mein Wissen mit ihm teile.«

Der alte Mann war verzweifelt. Immer wieder schüttelte er den Kopf und schlug sich die Hände vor das Gesicht. Kein Maktonene durfte von dem Geheimnis wissen. Niemand wusste, um welches Geheimnis es sich handelte. Einzig wusste man, dass es mit den Wasserfällen zu tun hatte. Deshalb lebten Priester und Novizen doch früher hinter der großen Mauer. Die Novizen wurden lange ausgebildet und mussten strenge Prüfungen bestehen, ehe sie von dem Unbekannten erfuhren. Warum sollte nun er mit dem Wissen belastet werden? Schließlich traf Antak eine Entscheidung.

»Gut, Fremder, aber sage mir bitte nur das, was ich unbedingt wissen muss. Ich will mich dann mit dem Ältestenrat besprechen und nach einem Würdigen suchen, mit dem du all dein Wissen teilen kannst.«

So begann Erik zu berichten.

Wenige Tage später begannen vier Männer des Ältestenrates einen kleinen Teil des Bodens der Kapelle zu entfernen. In die Aussparung in der Mitte der Apsis wurde eine dünne Messingplatte eingepasst, die an den Entdecker der Insel, Admiral Calvez, erinnerte.

Abends, nachdem Antak kontrolliert hatte, dass sich keine Touristen auf dem Plateau aufhielten, blieb der alte Mann manchmal vor der Kapelle sitzen. Er wartete auf den seltsamen Mann, um sich mit ihm zu beraten.

Erik genoss es, abends im warmen Lichte der über dem Atlantik untergehenden Sonne, hinauf in die Kapelle zu steigen. Manchmal berührte er ehrfürchtig die Wände und fragte sich, ob einer dieser Steine aus der Kammer Coxlans stammte. Dann setzte er sich nieder und begann, die Weisheiten der Inselpriester zu lesen. Längst war er versunken in die Geschichten und las über das Leben des Volkes der Maktonenen.

Internationale Expertenteams boten an, das Geheimnis der plötzlich aufgetretenen Wasserfälle und die Hintergründe für die niemals austrocknenden Felder zu erforschen. Doch sowohl Probebohrungen in den Feldern, wie auch ein von Bergsteigern geplanter Einstieg in die Austrittsöffnungen der Wasserfälle, wurden vom Ältestenrat unterbunden. Bereits einmal hatten die Götter gezürnt und die Insel mit Trockenheit und Schlammlawinen gestraft.

Von alledem wusste Erik nichts. Er war froh, dass ihn niemand darauf ansprach, wer er sei, was er wolle, und er war verwundert darüber, dass der Verkäufer des Supermarktes es seit einiger Zeit ablehnte, sich die Waren, die Erik einkaufte, bezahlen zu lassen. Manchmal, bei seinen seltenen Abstiegen nach San Cristobal, hatte Erik sogar den Eindruck, dass man ihm mit Ehrfurcht begegnete.

All das nahm er jedoch aus großer Entfernung wahr. Er war der 293. Maktonatl, bewässerte, wie es seine Aufgabe war, die Felder und studierte Schriften. Trotzdem hatte er oft das Gefühl, dass etwas fehlte. Die Götter hatten die natürliche Ordnung über ihn wiederhergestellt, aber es war kein Kreislauf, es war nichts, was ewig fortgeführt werden konnte. Sicher half es ihm, dass die Ältesten ihm den Rücken stärkten, aber das Gefühl, etwas zu suchen, ließ nicht von ihm ab. Erik konnte nichts tun, als die Augen offenzuhalten und auf ein Zeichen zu warten.

Manchmal kamen ihm Bilder seines früheren Lebens in den Sinn. Dinge, die ihm früher wichtig gewesen waren und er begriff, wie klein die Welt eines einzelnen Menschen sein konnte, wie unbedeutend ein Problem war im Vergleich zu der Sorge um ein ganzes Volk, um seine Zukunft.

Wie viele Jahre hatte er damit verbracht, nach Finn zu suchen, immer wieder war er aufgebrochen, um einer verlorenen Hoffnung nachzulaufen und jetzt, wo er ein anderer war, hatte sich sein Gefühl zu all dem verändert. Es schien ihm fast, als wäre es nicht er selbst gewesen, der all das getan hatte. Als würde man ihm die Geschichte eines anderen erzählen. Wahrhaft, er hatte Frieden schließen können durch die große Aufgabe hier.

Erik hatte sich an das gewöhnt, was mit ihm geschah, wenn er sich in die Schriften Coxlans vertiefte. Was er sah und hörte, was er dann wahrnahm, das stand nicht alles in den Schriftrollen. Vielmehr wurden ihm manche Dinge auf eine andere Weise mitgeteilt, und er glaubte mit der Zeit, dass es die Götter selbst waren, die ihm die nicht niedergeschriebenen Gedanken der Menschen eingaben. Es war wichtig, dass er alles wusste, alles verstand. Er war in der Lage, dieses Wissen zu verwalten.

Weiterhin wartete er auf das Zeichen, das er noch vermisste. Aber er wusste, es würde sich ihm zeigen. Irgendwann.

An einem Abend, als er sich mit Antak traf, tauchte ein sonnengelber Fleck am Ende des Plateaus auf. Erik blinzelte, aber er erschrak nicht, dass sich ihnen jemand näherte, obwohl keiner hier sein sollte. Der Knabe sah ihn an. In seinen Augen lag eine Selbstverständlichkeit, ein Wissen, das Erik mitten ins Herz traf.

Er musste an den jungen Maktan denken und wie er gefallen war in dem Bewusstsein, dass sein Vater gestorben war. Das Wissen wurde den Menschen von den Göttern eingegeben. Und sie entschieden, wem sie was gaben und zu welcher Zeit.

Etwas Kühles berührte seine Haut, betupfte ihn, er sah die dunklen Punkte auf dem Boden, die schnell mehr wurden, das Muster verdichteten. Der Regen kam lautlos und unvermittelt über sie und mitten in dem Schleier aus Wassertropfen stand der Knabe und strahlte zu Erik hinüber wie die Sonne selbst.

Sonne und Regen.

Erik dankte den Göttern im Stillen und wartete ab, was geschehen würde.

Der Junge trat näher und seine Anwesenheit erschien Erik wie das Selbstverständlichste auf der Welt, als er sich bei ihnen niederließ. Mehr noch, etwas fügte sich, wurde vollständig. Das Sonnengelb seines T-Shirts, Erik kannte diese Farbe aus den Bildern, die er sah, wenn er die Schriften studierte, kannte sie, weil sie sich ihm in den Uferwellen zeigten.

Und er begriff.

Dem 293. Maktonatl gaben die Götter, was er brauchte, um seine Aufgabe zu erfüllen. Sein zukünftiger Novize und Lehrling, sein Regenmacherkind, strahlte ihn aus schwarzen Augen an, während die Sonne langsam im Meer verschwand.

Unsere Bücher – eine Auswahl

Ohne Schuld
Victoria Suffrage / Elsa Rieger

Sie sind wie Sonne und Mond, Feuer und Wasser. Gemeinsam träumen sie davon, als Designerin und Model die Metropolen der Welt zu erobern. Stattdessen wird Nina mit siebzehn schwanger, ausgerechnet von dem Mann, den Jenny wollte. Die Freundschaft der Frauen kriselt, zerbricht aber nicht. Bis Tommy, Ninas Sonnenschein, tödlich verunglückt und beide Frauen verantwortlich scheinen. Nina, weil sie nicht aufgepasst hat und Jenny, weil sie das Gartentor offenließ. Getrieben von Schuld, ohne eine Aussprache, zerbricht ihr großer Traum. Um ihn zu retten, brechen die Frauen ihre Zelte in Wien ab und wollen ihr Glück in Südfrankreich suchen. Doch die Vergangenheit reist mit.

E-Book und Taschenbuch

Träume bleiben ohne Reue
Victoria Suffrage

»Und wenn es bis zum Ende nur noch einen einzigen schönen Moment gibt, einen, wie ich unzählige in den letzten Tagen erlebt habe, dann hat es sich gelohnt.« (Edda Mochnitz). Edda, schnodderige Ex-Puffmutter, lebt im Altenheim und pflegt ihr Image als Scheusal. Darin wird sie bestärkt, als sie die tödliche Diagnose ALS erhält. Innerlich beginnt Edda sofort, ihren Abgang zu planen. Wilma, Eddas neue Mitbewohnerin, begegnet deren Gehässigkeit mit Herzlichkeit. Nach Anfangsschwierigkeiten erklärt sich Wilma sogar bereit, Edda bei ihrem Abgang mithilfe der »Beklopptengang« zu unterstützen. Der Altenpflegeschüler Vincent nennt sie »mon général«, wühlt unerlaubt in Schränken, die Schülerin Laura hat auf nichts Bock und schleudert das Jesuskind an die Wand. Und was wollen der Herrgott in Eddas Badezimmer und der schwarze Vogel auf dem Fensterbrett?

E-Book und Taschenbuch

Ein Mann wie Papa
Elsa Rieger

Die Geschichte trägt vielfach autobiografische Züge, ist aber dennoch ein Roman. Marie, Buchhändlerin, 47 Jahre alt, geschieden, ist jedes Mittel recht, um ein Treffen mit Paul zu arrangieren. Der Trick, sie würde ein Buch über ihn schreiben, funktioniert. Prompt willigt er ein, doch nach einem ersten Date macht er sich rar und taucht nicht einmal mehr in der Stammkneipe auf. Kurz vor Weihnachten, als Marie die Hoffnung schon aufgegeben hat, gibt Paul endlich bekannt, dass er nun soweit ist, sich auf eine Beziehung einzulassen. Maries Glück scheint so nah, würde Paul nicht zum Prüfstein ihres ganzen bisherigen Lebens. Maries Impulsivität und ihr allzu großes Herz lassen sie von einem Konflikt in den nächsten stürzen. Da ist noch ihre drogenabhängige Schwester Julia, für die sie sich verantwortlich fühlt und ihr fast schon erwachsener Sohn Max, den sie wie eine Löwin liebt. Nebenbei versucht sie, Pauls Vorstellungen von einer ausgeglichenen, reifen Beziehung zu erfüllen, für die sie sich ganz schön verbiegen muss.

E-Book und Taschenbuch